PAUVRE TROMPETTE

FANTAISIES DE PRINTEMPS.

OUVRAGES DU MÊME AUTEUR.

Philosophie de la Pantomime, brochure grand in-18 (épuisée);

Pierrot, valet de la mort, pantomime en six tableaux, représentée le 23 septembre 1846, aux Funambules;

Pierrot pendu, pantomime en douze tableaux, représentée le 11 janvier 1847, aux Funambules;

Chien-Caillou, fantaisie d'hiver, 1 vol. in-18, format anglais.

POUR PARAITRE INCESSAMMENT :

Les Grands Hommes du ruisseau, 1 vol. grand in-8°, avec portraits et autographes.

Les Excentriques d'aujourd'hui.

Les Dieux et les Apôtres du 19e siècle.

EN PRÉPARATION :

Histoire des Beaux-Arts égyptiens.

LAON — IMP. DE ÉD. FLEURY ET [illegible].

PAUVRE TROMPETTE

FANTAISIES DE PRINTEMPS

PAR

CHAMPFLEURY

PARIS

FERDINAND **SARTORIUS**, quai Malaquais, 17.

MARTINON, rue du Coq-St-Honoré.

1847

A M. EUGÈNE DELACROIX.

Monsieur,

Je devrais commencer par parler de vous et non de moi; mais cet *égotisme* est ici tellement nécessité par vos œuvres que je n'hésite pas à me rendre coupable d'une pareille impolitesse.

Il y a un an je faisais dans un journal, qu'il est de mon intérêt de ne pas vous nommer, la critique du salon. J'ai pu m'apercevoir alors, mieux que jamais, de la terreur que vous inspirez aux propriétaires de gazettes; s'il faut aux masses une initiation profonde de la peinture pour la comprendre, quelles âneries doivent débiter les gens qui se refusent à tout travail, à toute étude et qui s'en rapportent à leur *moi* dont la nourriture intellectuelle est si malsaine. Ce *moi* est rempli, vous le savez, Monsieur, de Voltaire, de Jean-Jacques Rousseau pour la littérature *classique* et philosophique; de M. Eugène Süe pour la moderne; des Drolling père et fils pour la peinture. Un peu de daguerréotype, des animaux en verre filé sur la cheminée et une horloge à musique complètent l'éducation de ce *moi.*

Avec d'aussi vagues renseignements, Monsieur, — mais je compte sur l'intuition dont les grands artistes sont tous doués, — vous feriez le portrait d'un propriétaire de journal. Et ils se ressemblent tous, du grand au petit, du petit au grand. On parle encore de la censure de la Restauration en matière de journaux ; mais jamais elle n'atteindra les proportions énormes que les propriétaires de feuilles quotidiennes exercent habituellement. J'ai des faits de grands romanciers, de grands poëtes, de grands critiques à remplir ce volume : malheureusement ces faits choqueraient trop d'amours-propres. Que ne devait-il pas arriver il y a un an, Monsieur, à moi inconnu et débutant dans la critique picturale ? Eh bien, malgré la censure, malgré les cris des propriétaires, je fis insérer ces lignes dont je vous donne un extrait, car vous ne lisez pas ces journaux :

« Quoique Delacroix se soit souvent inspiré de Gœthe et de Shakespeare, il faut bien prendre garde de lui appliquer les mêmes critiques que nous faisions à M. Ary Scheffer, par rapport au choix de ses sujets. M. Scheffer, *cherchant son succès dans la métaphysique* (opinion de Thoré) plutôt que dans la partie technique de la peinture, est un peintre-littérateur. Au contraire, Eugène Delacroix est seulement peintre ; il ne prend pas ses brosses en s'écriant : je vais faire de la poésie, il peint.

» J'ai vu quelques bourgeois, effrayés de cette fière peinture, *discuter* le dessin de Delacroix. — Cette opinion a longtemps parcouru le monde ; il est inutile d'expliquer ce dessin aux abonnés têtus qui sont très heureux d'avoir une opinion sur le *dessin*. *Margaritas antè porcos !* — Ce qui m'a le plus étonné, ç'a été d'entendre, le dimanche au salon, le peuple très préoccupé de l'auteur des *Adieux de Roméo*. M. Horace Vernet n'est pas plus populaire. Un Invalide disait à un de ses camarades, en épelant la signature : « *Delacroix, c'est notre premier peintre.* » Un marchand de vins gros et brutal, tenant deux petits garçons, était arrêté depuis longtemps devant la *Marguerite*. — « Regardez-moi ça, petits, leur disait-il avec un ton de voix très admiratif ? » Les petits garçons répondirent qu'ils préféraient une *Fleur-de-Marie* quelconque, qui était près de là. — « Ah ! vous aimez mieux le vernis (il voulait dire le brillant et le clair de cette peinture porcelaine) ; mais le vernis ne fait pas le peintre, dit en s'éloignant cet homme. »

« Cette conversation, daguerréotype fidèle, prouve que le peuple vaut mieux que le bourgeois par certains côtés, car on lui a dit : Delacroix est un grand génie et il le croit fermement ; tandis que le bourgeois qui a le sentiment moins artistique que le peuple, a la manie de discuter, espérant prouver par là qu'il *sait*. »

Le surlendemain de la publication de cet article, je ne me hasardai qu'en tremblant dans les bureaux de la rédaction. J'avais des pressentiments fâcheux qui se réalisèrent. Les avocats qui ne plaident pas, les graveurs sur bois sans ouvrage qui s'occupent de belles-lettres, clamaient contre moi ; le gérant rugissait ; le caissier me regardait comme fou, et le rédacteur en chef avait de violentes envies de me *flanquer à la porte*, suivant l'expression de Vacquerie. Un de mes *amis-hostiles* déclara qu'il trouvait l'article très-bien et qu'il avait obtenu la veille un grand succès au club, — je ne sais trop quel club de commerçants ; — l'article avait été lu à haute voix, et le club s'était immédiatement désabonné. Ceci, Monsieur, vous dévoile un des misérables côtés de la petite presse parisienne, dite si spirituelle, si jeune, qui est rédigée par des vieillards en cheveux blancs.

Trois jours après, un de ces vieillards qu'on appelle M. Courtois, qui faisait d'ordinaire la critique de peinture, outré des hommages que je rendais à votre génie, venait dans le même feuilleton déclarer que « *vous peigniez avec un balai ivre* », et autres plaisanteries. Est-il nécessaire d'ajouter que ce M. Courtois est un homme doué d'une surdité complète, qui regarde les tableaux du salon avec un cornet acoustique-lorgnette.

Depuis, je me suis retiré volontairement de ce journal dont le rédacteur en chef a été condamné à huit mois de prison pour diffamation. Pourquoi, Monsieur, ne condamne-t-on pas à une détention perpétuelle les critiques comme M. Courtois? Et à quoi bon la critique en peinture? J'ai vu le plafond de la chambre des Pairs, le seul plafond français; il est impossible de rendre cet immense chef-d'œuvre par l'analyse ou la critique. Un feuilletoniste qui a consacré neuf colonnes à analyser le *Dante aux Champs-Elysées* n'a réussi qu'à me laisser un monde d'ennuis. Votre plafond, Monsieur, m'a laissé un monde de bonheurs.

Et par hasard, un poëte allemand, Ludwigh Tieck, m'a rappelé en quelques lignes cette grande peinture : « Ils virent les grands poëtes de l'antiquité et causèrent avec eux. Ils en trouvèrent beaucoup dans ces allées vertes et boisées, entre les rochers et les fleurs, près de fontaines murmurantes et de ruisseaux qui fuient, ou bien sur les hauteurs de la montagne ; et tous chantaient ou composaient en silence. Des nymphes gracieuses et de charmantes jeunes filles les accompagnaient, prenaient soin d'eux, ou les égayaient de leurs douces plaisanteries. La musique la plus douce retentissait dans la forêt, où de tendres zéphyrs se berçaient en murmurant, et l'écho et les rossignols répondaient à ces chants. »

MONSIEUR PRUDHOMME

AU SALON.

MONSIEUR PRUDHOMME

AU SALON.

—

M. PRUDHOMME *(donnant le bras à madame Pastéris).*

Quel temps, belle dame! quel soleil chaleureux !

Mme PASTÉRIS.

C'est vrai ; il fait bien beau.

M. PRUDHOMME.

Il faut beaucoup aimer les arts pour aller aujourd'hui au *Muséum* de peinture; mais les arts sont une si belle chose !

Mme PASTÉRIS.

Et puis ça fait aller le commerce.

M. PRUDHOMME.

A l'âge de quinze ans, j'avais voulu me lancer dans cette partie. Mon père connaissait un certain Jobé, peintre en miniature, homme de talent s'il en fut jamais. Ce Jobé tenait à ce que j'apprisse la miniature; mais mon père me dit : Joseph, remarque bien Jobé, c'est un artiste de talent, il est jeune, joli, bel homme; tel que tu le vois, il finira sur la paille. Joseph, tu annonces une belle main; avec une belle main, on arrive à tout. Mon père ne dit que trop vrai. Jobé mourut à l'hôpital : je devins un calligraphe de quelque réputation, j'ose m'en flatter.

Mme PASTÉRIS.

Une femme qui reçoit de vos lettres doit être bien flattée.

M. PRUDHOMME.

Madame, sans me vanter, j'ai fait quelques conquêtes avec ma plume, quoique la plume seule ne soit rien. A la calligraphie unissez le style, a dit un sage. Et j'avais un style bien brûlant, bien incendiaire. J'aurais pu combattre vingt fois pour ce sujet, si mon caractère et les lois du pays ne s'y fussent opposés. D'ordinaire je terminais mes pamphlets amoureux par une signature à moi, une signature qui disait tout. La missive s'adressait-elle à une femme légère, j'employais la signature déliée et coquette. Pour la femme à sentiments, une signature pleine, passionnée et languissante.

Mme PASTÉRIS.

Ah ! monsieur, que je regrette de n'être plus jeune !

M. PRUDHOMME.

Vous vous moquez, belle dame; vous êtes dans toute la force des sentiments, si j'ose m'exprimer ainsi. Les printemps vous ont abandonnée, mais pour faire place à un été plein de feu, et les grappes de votre automne seront bien douces à cueillir.

Mme PASTÉRIS.

Ah! Monsieur Prudhomme!

M. PRUDHOMME.

Faut-il, pour mon malheur que les frimas de l'hiver aient glacé mes sens! j'aurais voulu, madame, vous faire l'offrande de mes hommages...

Mme PASTÉRIS.

Et M. Pastéris!

M. PRUDHOMME.

M. Pastéris ne s'en porterait que mieux. (*Riant*) Hé! hé!

Mme PASTÉRIS.

Monsieur Prudhomme, vous êtes bien léger...

M. PRUDHOMME.

Ne faut-il pas toujours avoir le petit mot pour

rire? autrement la vie ne serait qu'un calice d'amertumes. Belle dame, nous voici au palais de nos rois. Prendrons-nous le catalogue du Muséum? je vous avouerai que je préfère deviner le sujet du tableau. On a le plaisir de la surprise. Du reste, je suis tout entier à vos ordres.

Mme PASTÉRIS.

Ce sera comme vous voudrez, monsieur.

M. PRUDHOMME.

Je n'en prendrai pas, alors. Je devine facilement; l'histoire romaine, l'histoire grecque, la mythologie n'ont aucun secret pour moi. La mythologie surtout. Je lis et relis sans cesse le délicieux ouvrage de Demoustier, ses lettres à Emilie. Quelle finesse, quel tour gracieux règnent dans cet ouvrage! On n'est pas plus galant. J'aurais fait des bassesses pour connaître Demoustier, s'il n'était mort. Demoustier et Voltaire, voilà mes auteurs favoris. Ah! madame, la *Pucelle*... On ne refera jamais la *Pucelle*. Le connaissez-vous, cet ouvrage piquant?

Mme PASTÉRIS.

M. Pastéris l'a dans sa bibliothèque, mais il me défend de le lire.

M. PRUDHOMME.

Je vous le prêterai, madame, je vous le prêterai, et vous le dévorerez, j'ose m'en flatter. *(Ils entrent dans le salon carré.)*

Mme PASTÉRIS *(devant un tableau de M. Horace Vernet.)*

Voyez, monsieur Prudhomme, quel beau tableau !

M. PRUDHOMME.

C'est d'Horace Vernet, le fils de Carle Vernet; un farceur encore celui-là. J'ai beaucoup connu un de ses amis. C'était l'homme aux calembourgs...

Mme PASTÉRIS.

Oh ! un officier français qui va être tué par un Arabe. Malheureux jeune homme !

M. PRUDHOMME.

Cependant le marquis de Bièvre l'emportait sur lui...

Mme PASTÉRIS.

Sur cet officier?

M. PRUDHOMME.

Pardon, belle dame; je dis que le marquis de Bièvre faisait mieux le calembourg que Carle Vernet, le père d'Horace Vernet dont le tableau est sous nos yeux. Un jour il dit à Boilly...

Mme PASTÉRIS.

Mon Dieu, il faut la vie d'un homme pour peindre tout cela.

M. PRUDHOMME.

Détrompez-vous, belle dame; tous ces personnages que vous voyez là ne sont rien; le peintre ne s'en occupe guères; il ne fait que les mains.

Mme PASTÉRIS.

Ah! vraiment?

M. PRUDHOMME.

Certainement, les mains sont très difficiles à

rendre ; le reste, les habits, les têtes, est peint par les élèves. Je reviens à Boilly, que j'ai beaucoup connu : ce fut lui, peut-être, le premier qui porta une tabatière à musique. C'était nouveau alors, nous étions en 1815. Boilly était invité, à cause de son esprit de saillie, dans toutes les grandes réunions. Un soir, il met sa tabatière à musique dans sa poche. On causait au coin du feu ; il lâche un air. Toute la société se regarde ; personne ne s'expliquait d'où venait cette délicieuse musique. Quand Boilly eut joui de l'embarras, il montra l'instrument : on rit beaucoup. Il ne fallait que deux ou trois farceurs comme Boilly pour mettre le monde en révolution. La tabatière à musique devint de mode. Moi-même je cédai à la vogue ; j'en achetai une et je m'en trouvai bien ; je crois même...

Mme PASTERIS.

Monsieur Prudhomme, voici un paysage qui me paraît...

M. PRUDHOMME.

Il est fort beau : signé, madame Empis. Il serait bien pour un homme; éclos sous les pinceaux d'une dame, c'est tout dire. Admirez un peu la perspective. Ah ! c'est que la perspective est tout dans un paysage ; sans la perspective, point de paysage.

Mme PASTÉRIS.

Et les biches ; voyez, elles vont boire !

M. PRUDHOMME.

Très-bien : l'eau est parfaitement rendue ; on distingue même les feuilles des arbres. Ah ! le paysage ! On fit, si j'ai bonne mémoire, un joli couplet sur le paysage. C'était dans *Fanchon-la-Vielleuse*, une pièce dans laquelle Mme Belmont fit courir tout Paris ; elle y mettait un mélange de simplicité, de bon ton, d'enjouement et de sensibilité qui vous émouvaient malgré vous, surtout quand elle disait au jeune peintre Francarville, sur un air connu : *(à mi-voix)*

Au bas d'un fertile coteau,
Dont je garde la souvenance,
Je ferai peindre le hameau
Qui vit les jours de mon enfance.
Il faudrait être mon époux
Pour faire avec moi ce voyage :
J'avais jeté les yeux sur vous...,
Mais peignez-vous le paysage? (*bis.*)

UN RAPIN (*écoutant*).

As-tu fini?

M. PRUDHOMME (*s'échauffant*)

Frondeur audacieux! Les jeunes gens d'aujourd'hui sont bien mal élevés. Éloignons-nous, madame; je suis d'un caractère bouillant, et il pourrait arriver des malheurs.

Mme PASTÉRIS.

Je vous en prie, monsieur Prudhomme, ne vous fâchez pas; laissez tranquille ce va-nu-pieds avec ses longs cheveux. Ça doit être un peintre.

M. PRUDHOMME.

Jamais, madame; les peintres sont gais, mais

insolents, non. *(Ils arrivent près d'un tableau d'Eug. Delacroix.)* Oh! l'horreur! Il est inconcevable que les jurés reçoivent de pareilles choses. Mais c'est peint avec un balai... un balai ivre, même.

Mme PASTÉRIS.

Passons vite, cette peinture m'agace...

M. PRUDHOMME.

Voyons un peu le nom de l'auteur : Delacroix. On n'a pas d'idée de quelque chose aussi affreux. Je ne prendrais pas ce tableau pour rien. Je ne voudrais pas, moi qui vous parle, avoir fait cela. Pouah! l'indignité; j'ai très-peu dessiné, mais je me flatte, avec ma plume, d'arriver à des résultats plus agréables. Une fois, cependant, je faillis me compromettre : c'était lors de la création des préfets. J'habitais le département de Saône-et-Loire, chef-lieu, Mâcon. Vous avez dû, belle dame, boire du vin de ce pays, il est fort bon et peu coûteux. Si mes souvenirs sont exacts, il coûte 75 centimes la bouteille; ce n'est pas ici, à Paris, où l'on ne boit que des vins falsifiés, qu'on en trouverait à ce prix. Franchement, je voudrais revoir Mâcon rien que pour ses vins. Les habitants sont aimables ; on y tient bonne table. Le bon vin ! il m'en souviendra longtemps.

Mme PASTÉRIS.

Oh ! les pauvres petits; ils vont être dévorés par le loup ; et la pauvre mère qui se dresse contre la croix. Le loup a l'air d'avoir bien faim. Croyez-vous, monsieur Prudhomme, qu'il les dévorera, le loup?

M. PRUDHOMME.

Soyez tranquille, madame. Remarquez dans le fond un garde-chasse qui arrive avec son fusil. Il ne laissera pas se consommer un attentat aussi déplorable. Cependant il n'y a pas toujours de gardes-chasse. Nous voyons à chaque instant, dans les gazettes, des évènements beaucoup plus douloureux. Le peintre n'a rien inventé.

Mme PASTÉRIS.

Vous croyez qu'il l'a vu.

M. PRUDHOMME.

Certainement, madame. Mais voici qui est plus gai, ce portrait de villageoise âgée; elle va parler.

Mme PASTÉRIS.

Et elle reprise ses bas. Pauvre vieille femme, à son âge!

M. PRUDHOMME.

Ce n'est pas qu'elle ait mauvaise vue. Son mouchoir est parfait d'exactitude.

Mme PASTÉRIS.

Oui, c'est de la laine toute pure.

M. PRUDHOMME.

Et les rides. Voilà ce qui me confond dans la peinture. C'est à s'y tromper. Remarquez encore une fort belle peinture, là, un peu élevée...

Mme PASTÉRIS.

Des femmes nues, c'est un peu libre.

M. PRUDHOMME.

Pardon, madame, le sujet en est historique.

Mme PASTÉRIS.

Alors, il n'y a rien à dire; mais il est bien compliqué, ce sujet. Un Espagnol, très-bel homme, du reste; beau costume, et des Turcs.

M. PRUDHOMME.

Je ne suis pas bien au courant, je vais m'enquérir près de ce monsieur qui a un catalogue. *(A un monsieur)* : Un million de pardons, monsieur, si je vous dérange, c'est pour une dame qui désirerait connaître le n° 688?

LE MONSIEUR.

Comment donc, monsieur, pour une dame, certainement. *(Il lit)* : « Don Alvarès à la re-
» cherche de sa femme, enlevée par des pirates
» d'Alger, la retrouve en vente dans un marché
» d'esclaves; XVe siècle. »

M. PRUDHOMME.

Monsieur, c'est à charge de revanche. Belle

dame, vous aviez deviné juste en disant que c'était un Espagnol : don Alvarès, sujet historique. Des pirates, les Turcs, l'avaient enlevée. L'action se passe au XVe siècle ; on était encore en pleine barbarie, les mœurs n'avaient pas alors le vernis d'aujourd'hui.

Mme PASTÉRIS.

Je crois bien, enlever des femmes !

M. PRUDHOMME.

Ce don Alvarès dut être fort désolé, car son épouse est très-bien.

Mme PASTÉRIS.

Elle a tout au plus vingt ans.

M. PRUDHOMME.

Lui porte sur sa physionomie vingt-cinq à vingt-sept ; une union bien assortie. Enfin le mari se met à sa recherche dans les pays les plus lointains. Il arrive chez les Turcs. Vous n'ignorez pas qu'ils trafiquent sur les femmes.

Mme PASTÉRIS.

Les barbares !

M. PRUDHOMME.

Il croit reconnaître une taille chérie, il lève le voile. O surprise! c'est son épouse. Vous pensez s'il est heureux. Le contentement se lit sur son visage. Voilà ce que j'appelle un sujet bien rendu.

Mme PASTÉRIS.

C'est très-intéressant.

M. PRUDHOMME.

Nous en verrons bien d'autres. Tenez , ce décrotteur. Oh ! c'est parfait : la dame trousse un peu sa robe. On voit même le mollet ; hé ! hé!

Mme PASTÉRIS.

C'est trop.

M. PRUDHOMME.

Au contraire, ce n'est peut-être pas assez ; hé ! hé !

Mme PASTÉRIS.

Oh! vous êtes trop libre, monsieur Prudhomme. Mais, c'est particulier; une femme nue, à droite, et qui fume.

M. PRUDHOMME.

Où voyez-vous? Là-bas, j'aperçois. Ceci demande des explications. C'est *une* modèle.

Mme PASTÉRIS.

Comment, *une* modèle?

M. PRUDHOMME.

Oui, qui sert aux artistes.

Mme PASTÉRIS.

Et elle se déshabille ainsi, sans rien, devant deux cents personnes, car ils sont deux cents?

M. PRUDHOMME.

Que voulez-vous? C'est son état de se déshabiller.

Mme PASTÉRIS.

Fi! l'horreur.

M. PRUDHOMME.

C'est un mal pour un bien ; il n'y a pas de peinture possible sans cela.

Mme PASTERIS.

Mais elle n'a pas besoin de fumer, et sans chemise, surtout.

M. PRUDHOMME.

Je vous l'abandonne sur ce point. Vous devez sentir que ce ne sont pas des femmes de mœurs très-régulières ; cependant on en a vu...

Mme PASTÉRIS.

Je ne crois pas ; une créature qui se prive de tous ses effets devant un tas d'hommes... Non, on ne m'ôtera jamais cette idée-là !

M. PRUDHOMME.

Les artistes ne laisseraient jamais entrer qui que ce fût quand ils ont *une* modèle.

Mme PASTERIS.

Voyez-vous bien ? C'est assez clair.

M. PRUDHOMME.

Cependant un jour feu Drolling me laissa voir *sa* modèle ; il est vrai qu'elle était habillée...

Mme PASTÉRIS.

A la bonne heure.

M. PRUDHOMME.

Feu Drolling est celui qui a peint au Louvre *l'Intérieur de Cuisine*, un bijou, c'est ravissant; les marmites sont à prendre à la main. On compterait volontiers chaque brique du plancher; mais il prenait son temps. Il me disait, à moi qui vous parle : « Monsieur, j'ai mis quatre mois à peindre » le balai. »

Mme PASTERIS.

Quelle patience!

M. PRUDHOMME.

Oui, nous avons des personnes qui pensent qu'on dessine par dessous la jambe; ces personnes se trompent. Feu Drolling disait toujours :

« Le génie sans la patience n'est rien, » et il avait raison. Je lui portai un jour, par plaisanterie, un soldat dessiné par moi en traits à la plume. Je ne vous dis pas cela, madame, pour me flatter: il le trouva très-bien et le fit encadrer.

Mme PASTÉRIS.

Vous êtes vraiment un homme universel, monsieur Prudhomme... Vous étiez né artiste!

M. PRUDHOMME.

Aussi les ai-je toujours fréquentés. La mort de feu Drolling m'affecta beaucoup. La mort est cruelle! j'oserai même la qualifier d'impitoyable; elle s'attaque aux rois comme à leurs plus simples sujets. Elle moissonne les artistes avec sa faux tranchante... Mais je vous ennuie peut-être avec mes pensées philosophiques...

Mme PASTÉRIS.

On ne s'ennuie jamais avec vous, monsieur Prudhomme.

M. PRUDHOMME.

Vous êtes trop aimable, belle dame. Veuillez voir ce sujet gracieux.

Mme PASTÉRIS.

Le petit amour!

M. PRUDHOMME.

Précisément; encore un emprunt à la mythologie. L'idée est ingénieuse de l'avoir fait voguer sur son arc comme sur un bateau. Il est tranquille celui qui cause tant de passions. Sa flèche, qui a transpercé tant de cœurs, sert d'éventail, et son mouchoir tient lieu de voile.

Mme PASTÉRIS.

On voit qu'il y a du vent.

M. PRUDHOMME.

C'est un doux zéphyr qui le mènera vite à Cythère.

Mme PASTERIS.

Comme c'est bien peint; c'est tendre.

M. PRUDHOMME.

Il est impossible de rendre avec plus de chasteté une image voluptueuse. Il a beaucoup de talent, et il ira loin, ce jeune artiste.

Mme PASTÉRIS.

Vous croyez?...

M. PRUDHOMME.

J'en suis sûr; il a dû recevoir des conseils de Girodet. Encore un grand artiste que les arts pleureront longtemps.

UNE DAME *tenant par la main un petit garçon.*

Vois-tu, Fifi, n'a pas été bien sage le petit garçon à sa maman qu'est malade.

FIFI.

Oui, maman.

LA DAME.

N'a renversé le bouillon.

FIFI.

Oui, maman.

LA DAME.

La maman le gronde beaucoup; n'a l'air triste, le petit poulot.

FIFI.

Oui, maman.

LA DAME.

Tu ne seras pas *méçant* jamais, comme le petit à sa maman.

FIFI.

Oui, maman.

M. PRUDHOMME.

Voilà un petit garçon bien intelligent. *(La dame fait un sourire.)* Elle est bien conservée, cette dame.

Mme PASTÈRIS.

Oh! cela dépend.

M. PRUDHOMME.

Je m'entends, pour son âge. *(Bas.)* Voyez-vous ce tableau du roi à Windsor?

Mme PASTÉRIS (*haut*).

Louis-Philippe.

M. PRUDHOMME (*bas*).

Lui-même. Il ne faut pas parler trop haut devant ce tableau. Cette peinture est due au pinceau d'Edouard Pingret. Je le connais aussi; il m'aime beaucoup : nous avons à peu près le même caractère. Il ne fait pas un de ses délicieux petits tableaux sans me consulter.

Mme PASTÉRIS.

Vraiment?

M. PRUDHOMME.

Il était de la suite du roi, en Angleterre. C'est un homme fort bien en cour; mais il ne ressemble pas à tous ces gueux d'artistes qui mangent tout, qui vont au café, qui font les cent dix-neuf coups. Non, il est riche, avec cela économe. Pingret donne des soirées délicieuses, où va le grand monde. On prend chez lui du moka délicieux. Quel moka! Je ne sais trop où il se fournit. Dernièrement, l'empereur de Russie lui a envoyé du thé de caravane, ce qu'il y a de plus fin en thé.

Mme PASTERIS.

Alors c'est un bon peintre?

M. PRUDHOMME.

Les souverains se l'arrachent.

Mme PASTÉRIS.

C'est beau, pourtant, d'arriver là.

M. PRUDHOMME.

Oui, mais tout le monde ne s'appelle pas Pingret.

Mme PASTÉRIS.

Regardez donc, monsieur Prudhomme, la robe de cette dame, une robe gorge-de-pigeon.

M. PRUDHOMME.

C'est vraiment du satin; il est impossible de pousser plus loin l'illusion. Mais je la reconnais, cette dame, c'est Mme Lecocq.

Mme PASTÉRIS.

Oh! non, Mme Lecocq n'a jamais porté de robe aussi riche.

M. PRUDHOMME.

La robe ne fait rien; voyez plutôt le nez, la bouche, les yeux...

Mme PASTÉRIS.

Mme Lecocq a le nez beaucoup plus fort, et elle prise, avec ça.

M. PRUDHOMME.

Je ne dis pas; alors le peintre l'aura flattée. Au surplus, je veux en avoir le cœur net. *(A un jeune homme :)* Monsieur, auriez-vous l'insigne complaisance de me permettre de vous demander si le nom de cette dame est sur le catalogue.

LE JEUNE HOMME.

C'est le portrait du maire d'Yvetot.

M. PRUDHOMME, *étonné.*

Pardon, monsieur, vous errez ; je vous parle de la dame à la robe gorge-de-pigeon.

LE JEUNE HOMME.

Oui, monsieur, c'est le maire d'Yvetot. *(Il s'éloigne.)*

M. PRUDHOMME.

Ce jeune homme me paraît très-original ; mais il est peu complaisant.

Mme PASTÉRIS.

Le voyez-vous, votre jeune homme, qui rit là-bas avec un de ses amis, ou qui se moque?

M. PRUDHOMME.

C'est un peintre, alors; les peintres n'en font pas d'autres. Duval-le-Camus père excelle dans ces sortes de plaisanteries.

Mme PASTÉRIS.

Je ne trouve pas cela plaisant.

M. PRUDHOMME.

Oh! elles ont bien leur charme. Dernièrement on tracassait Duval-le-Camus père dans une maison pour obtenir de lui une croquade. Les croquades de Duval sont très-recherchées, peut-être plus encore que celles de Pingret. Duval demande une feuille de papier très-longue; on l'entoure, on est dans l'enchantement d'avoir une croquade d'un homme artiste jusqu'au bout des ongles. Duval dessine une corde de danseur tendue; puis, dans le haut, un petit bonhomme imperceptible tenant un balancier. Cette plaisanterie me fit rire aux larmes, ainsi que toute la société.

Mme PASTÉRIS.

Effectivement, c'est très-amusant. Monsieur Prudhomme, n'en avons-nous pas assez pour aujourd'hui? Ces tableaux vous donnent mal à la tête.

M. PRUDHOMME.

Vous n'êtes pas la seule, belle dame; il faut

en avoir l'habitude. Ce n'est pas l'unique inconvénient de la peinture. De tous ces jeunes peintres, la moitié peut-être aura trépassé l'année prochaine.

Mme PASTÉRIS.

Seigneur ! est-il possible ?

M. PRUDHOMME.

Hélas! il n'est que trop vrai! La peinture mine la santé. Vous comprenez, le vernis, l'odeur; l'estomac est bien vite délabré. C'est ainsi qu'on explique la mort de Girodet.

Mme PASTÉRIS.

Vous avez bien fait alors de ne pas vous mettre artiste.

M. PRUDHOMME (*faisant retentir sa basse-taille*).

Oh ! nous avons du creux (1).

20 mars 1846.

(1) Quelques-uns me reprocheront peut-être d'avoir emprunté

à M. Henri Monnier la célèbre création de ***Monsieur Prudhomme.*** Je réponds à cela que ***Monsieur Prudhomme*** n'est pas un individu, mais des individus. Le célèbre caricaturiste a créé, ***sans s'en douter***, la plus grande figure du 19e siècle. Autrefois le peuple s'appelait ***Jacques Bonhomme;*** aujourd'hui la bourgeoisie s'appelle ***Monsieur Prudhomme.*** Cela est malheureux pour la nation française, mais cela est.

Qu'on ne s'y trompe pas, ***Monsieur Prudhomme au salon*** n'est pas une simple farce; cette étude a la prétention de peindre la classe d'individus qui a nommé cette année M. Brascassat à l'Institut, qui souffre les inspirations de M. Chapuis. Montlaville à la chambre, qui s'enthousiasme devant les caricatures de feu Grandville, qui a dévoré, acheté avec ou sans illustrations, les huit et quelques éditions de ***Jérôme Paturot***, en un mot les ***Monsieur Prudhomme.***

GRANDEUR ET DÉCADENCE
D'UNE SERINETTE.

A M. Jules Janin.

GRANDEUR ET DÉCADENCE

D'UNE SERINETTE.

Madame veuve Brodart, la mère.

..... Toute petite ville de province a une rue particulière, une rue occupée seulement par des bourgeois, isolée, à l'ombre et silencieuse. Il y pousse de l'herbe. Cependant cette rue calme comme un cercueil, où les rideaux sont soigneusement tirés, gouverne la ville : c'est de là que partent les accusations les plus terribles, en ce sens qu'elles sont sourdes, anonymes et qu'elles éclatent sur la ville comme des trombes.

Un étranger passe dans cette rue : il n'a vu personne aux fenêtres; mais vingt yeux embusqués derrière l'ouverture imperceptible d'un rideau ont pris son signalement. Chacun s'interroge ; aussitôt après, on fait l'instruction.

Si les bourgeoises de la rue Châtelaine espionnent ainsi les étrangers, quelle attention n'apportent-elles pas à disséquer, à scalper les moindres faits et gestes de leurs concitoyens. Le malheureux *sujet* qui est dénoncé à ce féminin tribunal des dix, est plus à craindre que s'il était accusé d'empoisonnement ; les bourgeoises sont aussi habiles à trouver matière à diffamation que l'est l'appareil de Marsh à recueillir du poison. — On sait que cet appareil trouverait de l'arsenic dans une botte de foin.

Madame veuve Brodart, que toute la ville

appelait *la mère*, pour la distinguer de sa bru, madame Brodart-la-jeune, demeurait dans la rue Châtelaine; quoique entourée du terrible comité secret, elle n'en faisait pas partie active. Elle y remplissait le rôle de *personnage muet*, c'est-à-dire que son grand âge l'empêchant de sortir, elle recevait des voisines qui entamaient chaque soir les histoires à l'ordre du jour. Madame Brodart prenait plaisir à cette gazette vivante, mais elle n'y voyait point de mal.

Elle était receleuse de secrets, sans le savoir.

J'allais souvent chez madame veuve Brodart pour jouer avec ses neveux et ses nièces. Peut-être dois-je à cette brave dame le goût prononcé de la musique. Voici comment.

Dans une grande armoire de chêne, pleine de linge rangé avec une propreté hollandaise, se trouvait une serinette qu'on nous confiait lorsque nous avions été bien sages à l'école.

— « Surtout prenez garde de l'abîmer, s'écriait madame veuve Brodart. » Cette serinette portait sur le couvercle un petit papier imprimé, indiquant les airs notés. Ainsi :

« *Ouverture de la chasse du jeune Henri.*

« Air *de Philadelphie* (2 *fois*).

« *Le Point du jour.*

« *La Monaco* (3 *fois*).

« Air *de la Flûte enchantée.*

Je me rappelle que le *Point du jour*, quoiqu'inscrit sur le catalogue, manquait. Un neveu de madame Brodart avait tourné trop violemment le cylindre et avait éraillé quelques petites pointes de cuivre nécessaires à cette *musique.*

— Ah ! Seigneur, disait madame Brodart d'un ton de voix douloureux, ils m'ont abimé mon *Point du jour*... Passez vite à l'autre air, petits *brisaques.* — Brisaque, dans le dictionnaire néologique de la province, signifie un enfant qui casse, qui détruit tout. — Un jour que je jouais l'air de *Philadelphie*, et que je changeais les crochets pour passer à un autre air, madame Brodart se leva d'un bond de son fauteuil, me repoussa brusquement et s'empara de la serinette. Mon grand crime était de n'avoir joué qu'une fois l'air de *Philadelphie*, tandis que le catalogue indiquait qu'il fallait le jouer deux fois.

— Tu me feras mourir, petit vaurien, dit-elle, vous avez déjà cassé mon *Point du jour*, vous le faites exprès, n'est-ce pas...? va, je le dirai à ta mère... qu'elle te donne le fouet... maudit enfant! Il n'en fait pas d'autres. Je te défends, vois-tu, de toucher jamais à la musique...

Madame Brodart appelait sa serinette : *la musique*.

— Vous n'y toucherez plus, ajouta-t-elle, ni les uns ni les autres, vous me faites trop de mauvais sang. Quand vous voudrez entendre la musique, M. Peinte s'en chargera.

M. Peinte était un avocat qui n'avait jamais exercé : « Il est trop *simple*, disaient les fortes têtes du pays. » Dans ce sens, simple est le synonyme bien proche d'idiot. Les provinciaux avaient raison : si M. Peinte n'était pas idiot, il n'avait jamais donné signe que d'une très médiocre intelligence.

Pâle, blond, les yeux inquiets, le crâne fuyant et se développant en pointe, M. Peinte marchait des épaules, la tête inclinée sur l'épaule droite. Sa bouche blême, toujours ouverte, ne démentait pas l'opinion que les moins phrénologues pouvaient avoir de son esprit, en examinant son crâne pointu. M. Peinte dépensait son peu d'intelligence dans de petits travaux semblables à ceux des forçats et des castors; il tournait des maisons, des toupies et divers petits objets en bois, qui le faisaient aimer des enfants. Il était propriétaire d'une tabatière à musique; — ce meuble jouit d'un grand succès dans sa nouveauté. Il jouait aussi un peu du flageolet et il s'empressait d'aller faire danser, les jeudis de sortie, les jeunes demoiselles entre elles dans leurs familles. Nous l'aimions, car il apportait, chaque fois que nous le voyions, un nouveau tour, une nouvelle curiosité. Ainsi, il s'occupait un peu de physique amusante, de tours de cartes. Ce qui nous surprenait le plus, c'était son pouce très mobile, qu'il faisait plier sur le dos de sa main, *dans la perfection*, disait madame Brodart.

M. Peinte ne manquait jamais de venir exactement chaque jour de deux à quatre heures visiter sa vieille amie. Il arrivait de la promenade avec une provision de nouvelles fraîches, qu'il recueillait de ci et de là.

— Il est donc survenu quelque chose à M. Peinte? dit madame Brodart en entendant sonner deux heures.

Quelques minutes après, celui-ci entra :

— Ah! monsieur Peinte, vous êtes en retard.

— Oui, dit-il, mais j'apporte une grande nouvelle... nous avons enfin un organiste.

— Il est de fait que ça ne pouvait pas durer.

— Un Allemand, m'a-t-on dit.

— Encore un étranger, s'écria madame Brodart dans un moment d'esprit national, des brigands qui sont venus ici avec les cosaques!

— Permettez, madame Brodart, ils sont bons musiciens.

— Allons donc! musiciens comme ma poche... des gens qui ont été de l'invasion ne peuvent pas être musiciens. Et puis quand ils seraient musiciens, n'y en a-t-il pas assez dans le pays?... Non, dit-elle en s'échauffant, c'est un fait exprès. Ils crèvent de faim chez eux, ils viennent manger notre pain. Le gouvernement est bien bon... si ça me regardait seulement un jour...

— Mais, madame Brodart, tout ça dépend du conseil municipal...

— Ah ! votre conseil municipal, un tas de je ne sais quoi... Enfin je ne peux pas les voir ici, vos Allemands. Il y en avait deux logés chez ma mère, du temps de l'empereur; de grands *bêtas* qui ont des cheveux de filasse; ils ne savent seulement pas répondre oui ou non, ils disent *ia* à tout bout de champ... c'est pas des hommes, ça...

— Qu'est-ce que ça nous fait, après tout? dit M. Peinte.

— Voilà comme vous êtes, vous, qu'est-ce que ça nous fait... mais ça nous fait beaucoup... ces gens là, quoi, viennent prendre l'argent dans notre poche; je suis bien sûre que, s'il était là, M. Peinte père serait de mon avis.

Madame Brodart aimait à étayer ses opinions de celles de M. Peinte père, juge du tribunal et homme important. Comme elle le nommait, M. Peinte père entra; quand elle entamait une discussion avec ses voisines et qu'elle se trouvait battue, madame Brodart avait recours à un artifice oratoire qui ne lui fit jamais défaut : « *M. Peinte père prétend...* », disait elle. Ce fameux mot *prétend* coupait court à toutes discussions; les voisines le savaient et se seraient bien donné de garde d'aller contre une autorité aussi grave.

M. Peinte, qui montrait la plus grande docilité aux avis de son père, ne sut que répondre à son arrivée. Aussitôt madame Brodart reprit la parole, et expliqua avec ses précédents arguments la question de nationalité qui était survenue à propos de l'Allemand. Le juge s'étant recueilli gravement et ayant plongé ses doigts dans sa tabatière, en retira une prise et une opinion. Il donna gain de cause à madame Brodart la mère.

L'Organiste.

La veille de cette conversation, de la diligence de Paris descendaient un vieillard et un enfant que le conducteur appela M. Freischmann et son fils.

L'organiste de la ville étant mort, le curé avait fait demander un musicien qui pût en même temps apprendre le chant aux enfants de chœur de la maîtrise.

L'évêque du diocèse nomma l'Allemand.

Quand l'organiste descendit de voiture, les curieux et les flâneurs de la ville remarquèrent avec étonnement ce petit vieillard qui avait la mine d'appartenir à un autre siècle. Freischmann portait de larges lunettes bleues, au travers desquelles se pouvaient voir de petits yeux perçants, quoique fatigués. Sa bouche large et très mobile était rentrée par suite de la perte des dents; la lèvre inférieure aimait à se reposer sur la lèvre supérieure, ce qui donnait un aspect satyrique à sa physionomie. L'Allemand ôta son chapeau à larges bords pour secouer la poussière qui y avait élu domicile pendant la route, et l'on put voir son front chauve sur le milieu, tandis que les oreilles étaient cachées par une touffe de cheveux plats, grisonnants et raides comme des momies.

Il était vêtu d'un habit noir à la française et d'un pantalon noir étriqué, qui tirebouchonnait autour de deux maigres jambes. Le tout était très râpé.

— Tu es fatigué, mon petit Rosenblutt? dit-il à l'enfant. — Oh! le joli enfant, dirent les commères. — Est-il d'un beau rose! — Les beaux cheveux blonds! — Il a l'air si doux! — Quel ange du bon Dieu!

Si les mères n'ont jamais entendu de plus

suave musique que les compliments qu'on adresse à leurs enfants, il n'en fut pas de même pour Freischmann. Il avait attendu patiemment qu'on lui donnât sa boite à violon ; quand il l'eut, il se tourna vers les femmes et fit une grimace qui valait un coup de dents ; après quoi il marcha très vite vers le presbytère, tenant à la main l'enfant.

— Avez-vous vu, dirent les commères, sa mine à cet homme ?

— J'ai cru qu'il voulait nous avaler.

— Pauvre *piau* Jésus, je le plains d'avoir un père pareil.

— C'est donc son père ? On ne s'en douterait pas.

Le lendemain, Freischmann était installé dans un logement qui attient à la cathédrale. Ce logement consiste en une grande galerie de pierre très obscure, qui conduit à une petite pièce humide au rez-de-chaussée. Derrière cette pièce se trouve une salle immense, soutenue par deux piliers gothiques, qui sert de maitrise. Un petit jardin où poussent des pavots communs, et qui pullulent malgré les mauvaises herbes, était destiné à égayer cette triste habitation.

Le curé vint rendre visite à son organiste.

— Comment vous trouvez-vous ici, M. Freischmann ?

— Trop bien, dit-il d'une voix aigre et stridente... La musique me console de tout.

— Si vous vouliez faire arranger le jardin, je pourrais vous envoyer mon jardinier.

— Ah ! je n'aime pas les fleurs... Rosenblutt non plus... Il lui faut de la musique à l'enfant.

Rosenblutt courait déjà dans le jardin.

— A propos d'enfants, reprit l'organiste, combien en avez-vous qui chantent, monsieur le curé ?

— Nous avons douze enfants de chœur ; de plus, diverses personnes pieuses envoient à la maitrise leurs enfants, qui chantent aussi à la messe.

— Bon, bon, je vois, dit Freischmann.

— Pour plus de renseignements, je vais envoyer chercher Bruge, le serpent de la cathédrale, qui était chargé par intérim des enfants de chœur.

— Monsieur le curé, je vous demanderai une faveur. Je ne puis jouer de l'orgue que parfaitement isolé... Je désire avoir seul la clef de la porte qui y mène; je ne reçois personne.

— Si vous y tenez absolument ; cependant il vous faut un homme pour souffler.

— Non, pas besoin... Le petit me suffit...

— Comment, vous fatiguez un enfant aussi jeune, aussi gentil?

— Hein! dit Freischmann, qui semblait ne pouvoir entendre parler de Rosenblutt, ça me regarde... Il le faut pour sa santé, au petit.

L'archidiacre se retira fort étonné de la conversation d'un tel original. Peu après, Bruge entra, le serpent sous le bras, suivi de ses élèves. J'étais du nombre ; comme j'avais une belle voix, mes parents me faisaient suivre les cours de la maîtrise.

— Vous êtes le serpent? dit Freischmann, vous êtes musicien sans doute?

— Oui, dit Bruge un peu embarrassé de cet interrogatoire à brûle-pourpoint.

— Voyons... faites chanter ces marmots, que je connaisse leur force.

Bruge nous rangea en cercle et nous fit chanter un morceau. A peine au milieu, Freischmann, qui avait comme des attaques de nerfs, s'écria :
— Assez, assez, arrêtez!

Les enfants, effrayés par cette voix perçante qui dominait le chœur, se turent.

— Monsieur, dit Freischmann à Bruge, j'en ai entendu assez, vous pouvez vous retirer maintenant... Quelle éducation! Ils m'ont gâté la voix de ces petits... Tout est à refaire... C'est bien, Monsieur, dit-il en reconduisant Bruge.

Et il revint en parlant toujours à lui-même.

— Oh! la musique... Ils ne savent rien dans

ce pays. — Rosenblutt, cria-t-il, viens ici, viens vite.

Nous nous regardions tous effarés. A l'ordinaire, nous passions les répétitions à rire, à jouer, à faire mille tours au pauvre serpentiste; mais ce petit homme maigre, avec sa bouche tout à la fois goguenarde et remplie de fiel, nous rendait plus silencieux que le plus terrible maître d'école. Rosenblutt accourut en tenant un papillon.

— Tiens, papa, vois donc ce que j'ai trouvé dans le jardin...

— Nous n'avons pas le temps, dit Freischmann en embrassant les joues roses de l'enfant, apportez le violon... Et vous autres, attention, qu'on ne bronche pas, nous dit-il, vous allez faire la gamme chacun à votre tour.

Quand nous eûmes fait la gamme, il nous divisa en trois groupes de cinq, et il nous avertit que Rosenblutt conduirait les chœurs. Cela nous fit rire. Nous étions presque tous âgés de sept à dix ans, et le chef qu'on nous donnait paraissait avoir quatre ans à peine. Rosenblutt revint avec de la musique copiée et la boîte à violon. Il nous distribua les parties. Freischmann donna l'accord, et nous commençâmes à chanter. Rosenblutt tout d'un coup se mit en colère.

— Eh! dit-il, il y a un bémol à la clef...

Cela me fit sourire. Freischmann vint à moi :

— Ris encore, toi, je te mets à la porte... Quand Rosenblutt vous fera quelque observation, vous l'écouterez, ou, sinon, vous aurez affaire à moi. Vous pouvez vous en aller, en voilà assez pour aujourd'hui, poursuivit Freischmann; revenez demain à la même heure... nous essaierons de la musique plus facile.

Nous partîmes sans plus attendre, comme on pense, fort contents d'échapper à la tutelle d'un maître de chapelle aussi terrible.

La Paroisse Saint-Grégoire.

La ville de M....., quoique petite, est divisée en deux paroisses : la paroisse Notre-Dame et la paroisse Saint-Grégoire. Notre-Dame est la cathédrale, Saint-Grégoire l'église.

Notre-Dame est un monument très-curieux du XIme siècle, mais dans un mauvais état de conservation. On craint qu'une tour ne s'abatte. Le conseil-général du département, composé d'avocats en majorité, c'est-à-dire de bavards ignorants et voltairiens, juge à propos, à chaque session, de ne voter aucun subside à la cathédrale.

L'église de Saint-Grégoire, bâtie à la fin du XVme siècle, a plus de chances de durée. La ville est trop pauvre pour allouer les moindres fonds à l'entretien de ses monuments ; aussi Notre-Dame est-elle obligée de vivre des aumônes des fidèles. Mais, quoique la cathédrale réunisse dans sa zône un plus grand nombre de paroissiens, elle est loin d'être aussi riche et aussi bien entretenue que Saint-Grégoire, paroisse des marchands et de la bourgeoisie opulente. Ainsi la cathédrale, qui gouverne la ville, est pauvre, au lieu que l'église, sujette de la cathédrale, est riche. Il est facile de comprendre la lutte sourde qui existe entre les deux fabriques. Si l'archidiacre a une chape neuve un jour de grande cérémonie, soyez sûr que, le lendemain, le curé recevra assez d'aumônes pour pouvoir éclipser son chef catholique.

Dans un salon de la paroisse de Saint-Grégoire, on s'inquiéta beaucoup, le lundi suivant, des débuts de l'organiste. M. Peinte jeune s'y trouvait avec son père. M. Mercier, qui passe pour grand musicien, depuis qu'il a chanté dans un concert avec Romagnési père, fut interrogé sur le nouvel organiste.

— Je ne suis pas assez connaisseur, dit-il, pour oser donner mon opinion sur cet Allemand.

Je désirerais savoir ce qu'en pense M. Peinte père ?

— Madame Brodart la mère me disait, il y a quelques jours, avec beaucoup de justesse dans le raisonnement, qu'il était peu rationnel d'avoir appelé ici un étranger.

— Oui, dit madame Fréminet, chez qui se tenait la soirée, je ne sais pas s'il a du talent, l'organiste de la cathédrale, mais on dit qu'il est fou...

— Je sais bien autre chose sur l'organiste, dit M. Peinte fils d'un air mystérieux, mais c'est bien grave...

— Dites toujours, monsieur Peinte ?

— Cet Allemand, m'a-t-on dit..., prenez garde, ce n'est pas moi qui voudrais en parler le premier...

— Peinte, tu as raison, dit le père, il ne faut jamais assumer sur sa tête la responsabilité d'une confidence dangereuse...

— Oh ! monsieur Peinte, fit madame Fréminet,

rien ne sort d'ici... nous sommes entre amis, d'ailleurs.

— Eh bien ! cet Allemand, dit-on, est protestant.

— Oh ! s'écria l'assemblée.

— Il ne manque pas de talent, dit M. Mercier.

— Le talent n'est rien, dit M. Peinte père, dans de pareilles circonstances.

— Et on lui confie des enfants, à ce protestant...

— Mais il les corrompra, dit madame Fréminet... nous ne le souffrirons pas ; j'en parlerai à M. Carron, notre curé. Si M. Carron ne voulait pas avertir son supérieur, car après tout c'est son supérieur, j'en écrirais plutôt à monseigneur l'évêque...

— Madame Fréminet, dit Peinte fils, qui voyait, à l'exaltation de la dévote, que son secret allait courir les rues, je n'ai pas affirmé, permettez, qu'il était protestant...

— Effectivement, dit Peinte père, mon fils a

annoncé cette nouvelle sous une forme dubitative.

— Je ne dis pas, reprit madame Fréminet, que M. Peinte ait affirmé ; mais moi j'affirme, je prends tout sous mon bonnet... M. le curé de Notre-Dame est capable de tout; mon Dieu, je ne lui en veux pas, c'est pour faire des économies. Il se sera dit : un organiste protestant ne coûte pas si cher, prenons un organiste protestant.

— Dame, c'est juste, dit M. Peinte père.

— J'aurai des nouvelles; soyez en sûrs, le protestant ne restera pas longtemps ici.

L'Orage gronde sur la tête de Freischmann.

L'organiste ne se doutait guère du trouble qu'il excitait dans la ville. Il était dans sa petite chambre noire, occupé à écrire une partition. De temps en temps un cri aigu sortait de sa bouche, sa plume alors s'arrêtait : sans doute l'inspiration lui faisait défaut. Il regardait le petit lit dans lequel dormait Rosenblutt ; puis il se levait, parcourait la chambre à grands pas, embrassait l'enfant avec précaution pour ne pas l'éveiller, et se remettait à écrire.

Rosenblutt se réveilla et cria doucement : Papa. Freischmann vint à lui.

— Tu veux te lever ?

— Oui, papa, après que j'aurai fait la prière à maman Grete.

L'enfant se mit à genoux sur le lit, joignit les mains et dit :

— Maman Grete, j'ai encore bien dormi en pensant à vous. Maman Grete, je prie pour vous qui êtes dans le ciel en compagnie des anges. Faites que papa soit toujours heureux. Adieu, maman Grete.

Freischmann, en entendant cette prière naïve, pleurait comme un enfant, car c'était pour lui un triste souvenir que la pauvre Grete, qui ne lui avait été enlevée que depuis un an. — Il s'essuya les yeux.

— Tu ne m'embrasses pas aujourd'hui, Rosenblutt?

L'enfant courut vers son père, qui couvrit sa figure de baisers et de caresses.

— As-tu bien dormi? dit-il en passant ses longues mains amaigries dans les cheveux bouclés de Rosenblutt.

— Oui, papa, j'ai vu des anges qui donnaient un grand concert; ils avaient des violons, des flûtes, des cors comme tout le monde... Et puis, le bon Dieu conduisait l'orchestre... C'était joli, joli... après ça le bon Dieu a dit : Il me manque une voix pour faire les solos, à cause qu'il y a l'ange Gabriel qui est enrhumé ; qui prendrons-nous pour le remplacer? — Tiens, qu'il a dit à deux anges, vous voyez bien le petit Rosenblutt qui dort, allez-moi le chercher. Et ils sont venus en battant de leurs grandes ailes.

Freischmann tressaillit et serra contre lui son enfant dont le rêve l'effrayait.

— Et tu t'es en allé, dit-il, tu laissais ainsi

ton vieux père sans lui dire adieu, méchant !

— Oh! dit Rosenblutt en faisant une petite moue enfantine, aussi jolie qu'un sourire de jeune fille, je ne t'oubliais pas, va ; attends voir la fin. Les deux anges avaient approché leurs ailes et je m'étais assis au milieu. Ah ! que j'étais bien, mieux qu'en balançoire. En route, ils me contaient des histoires comme maman Grete m'en contait. Nous arrivons au paradis. Il est beau, va, le bon Dieu, avec une grande barbe blonde et sa robe bleue. Il m'a dit bonjour, le bon Dieu. Je lui ai dit bonjour aussi.—Chante-moi quelque chose, a-t-il dit. Moi je n'avais pas peur, je lui ai chanté de ma plus belle voix, tu sais, l'air de Francesco Rosello, que maman Grete aimait tant. Le bon Dieu a tapé dans ses mains, de joie. — Tu resteras ici, a-t-il dit. — Je veux bien, bon Dieu ; mais papa Freischmann sera bien désolé de ne plus me voir. — Le bon Dieu a réfléchi une petite minute. — Je le ferai venir ici avec toi, es-tu content? — Oh! je crois bien, bon

Dieu ; avec çà papa pourra vous rendre des services, il est un peu fort sur l'orgue, allez... Alors je me suis réveillé...

— A la bonne heure, reprit Freischmann ; je veux bien que tu ailles en paradis, mais avec moi.

— Tu sais bien, papa, que je t'aime trop pour te quitter.

— Bien... Dis donc, Rosenblutt, veux-tu venir à l'orgue répéter le grand morceau pour la fête de la Toussaint. C'est que nous serons seuls dans l'église, personne ne viendra d'aussi matin, et nous répéterons plus à notre aise.

— Je veux bien, dit Rosenblutt.

Freischmann se rendit à l'église Notre-Dame par un escalier de pierre qui y conduisait sans sortir de la maîtrise. Le père et l'enfant traversèrent la nef et arrivèrent sous l'orgue, monument remarquable de la fin du XVIIme siècle. Deux caryatides en bois, largement sculptées, supportent le buffet. Ces statues colossales paraissent être du Puget ou d'un de ses élèves. Freischmann s'assit au clavier, pendant que Rosenblutt emplissait de vent les soufflets.

L'église Notre-Dame, par sa nef élevée et son architecture intérieure d'un gothique léger, se prête favorablement à la musique de l'orgue. Freischmann commença. C'était un morceau du grand compositeur Holbrecht. Le prologue s'ouvrait par un *andante maestoso*, grave, qui invitait au recueillement. Rosenblutt chantait, lui, un motif d'une pureté et d'une simplicité que comprennent si bien les compositeurs allemands. Peu à peu le mouvement devint plus vif... Un duel s'établit entre la voix et l'orgue. Les notes les plus douces de l'orgue le cédaient en douceur à la voix de l'enfant. Quand les basses formidables de l'instrument emplissaient l'église de leurs accords, la voix de Rosenblutt dominait encore et tranchait par son timbre mélancolique sur les accompagnements vigoureux de l'orgue. Pendant cette répétition qui durait depuis une heure,

M. Peinte fils était entré chez l'archidiacre, en lui faisant demander un moment d'entretien.

M. Peinte fils demeurait dans une rue qui est située au milieu de la ville, et qui fait partie par un bout de la paroisse de Saint-Grégoire et par l'autre de la paroisse de Notre-Dame. Depuis vingt ans, M. Peinte se trouvait dans le plus grand embarras, ne sachant au juste à quelle paroisse il appartenait. N'ayant jamais pu s'éclaircir sur ce point de conscience, il avait adopté un système timide; ainsi qu'on dit dans le langage usuel, il ménageait la chèvre et le chou. Un dimanche, M. Peinte allait entendre les offices à Saint-Grégoire, le dimanche suivant à Notre-Dame. Dans cette communauté d'églises, le plus fâcheux pour M. Peinte était de donner deux fois le pain bénit, comme il est d'habitude dans la province, pendant que ses concitoyens ne le donnaient qu'une fois. Pour les aumônes, la même chose. M. Peinte fils versait en même temps dans la bourse des deux paroisses.

Il avait mal dormi en songeant à son indiscrétion de la veille, à la soirée de madame Fréminet. Donc, pour calmer sa conscienee, M. Peinte fils se leva de très-grand matin et alla rendre compte à l'archidiacre de ce qui allait sans doute arriver. L'archidiacre écouta gravement les confidences de M. Peinte.

— Vous avez eu tort, dit-il en le reconduisant, d'avoir répandu des bruits qui me paraissent mensongers et qui peuvent nuire à votre prochain; mais votre faute doit être pardonnée, puisque vous vous en repentez.

Aussitôt après le départ du prudent Peinte, l'archidiacre se rendit à la maîtrise. Se doutant que l'organiste était à l'église, il y entra. Maître Freischmann répétait une seconde fois le morceau d'Holbrecht. Surpris par cette musique admirable, l'archidiacre s'arrêta sous l'orgue, le cœur baigné d'harmonie. L'organiste l'avait prévenu qu'il ne jouait que de la musique allemande, la seule musique, avait-il dit; et le prêtre s'étonnait que le protestantisme, cette religion froide et sévère, pût amener des inspirations aussi brûlantes, aussi catholiques que celles dont il jouissait en ce moment.

La voix de Rosenblutt, cette voix céleste qui n'avait rien du timbre ordinaire des enfants de son âge, cette voix *mystique*, l'étonnait. Courbé sous cette musique imposante, l'archidiacre était plongé dans un monde de pensées, lorsque Freischmann, en descendant des orgues, le tira brusquement de ses réflexions.

— J'ai à vous parler, lui dit-il.

— A moi? dit Freischmann.

— Oui, venez avec moi au presbytère.

— Vous avez entendu ce morceau? dit Freischmann.

— C'est la première fois que je me suis senti aussi ému par la musique.

— Vous autres Français, reprit l'organiste, vous n'entendez rien à la musique religieuse... Ah! si vous connaissiez tous nos grands maitres!

Ils étaient arrivés à la porte de la maîtrise.

— Je reste à jouer dans le jardin, dit Rosenblutt.

— Oui, et sois sage, je ne serai pas long à revenir.

Nouveaux malheurs de la Serinette.

Nous avions fini par aimer le petit Rosenblutt. Autant nous craignions son père qui nous donnait de temps à autre des coups d'archet sur les oreilles quand nous chantions faux, ce qui arrivait assez fréquemment, autant nous étions libres avec l'enfant qui dirigeait les chœurs.

La leçon de chant terminée, Rosenblutt jouait avec nous; s'il était sérieux pendant la répétition, il devenait aussitôt après d'une gaîté folle. Nous lui avions appris à jouer aux billes, à la toupie, toutes choses qu'il ignorait complètement. Je lui avais fait cadeau d'une toupie coloriée, confectionnée par M. Peinte fils. Maître Freischmann, paraissait contrarié de le voir libre avec nous ; il n'était pas tranquille ; et plus d'une fois, pendant nos jeux, le vîmes-nous, son nez armé de ses lunettes bleues, apparaître derrière les vitres de sa croisée qui donnait sur le petit jardin.

Je ne sais plus quelle solennité nous avait mis en vacances ; seulement nous étions une demi-douzaine de collégiens et autant de petites filles réunis chez madame Brodart la mère. Rosenblutt était des nôtres. Perfides comme le serpent qui tenta madame Ève, nous l'avions entraîné malgré sa résistance et à l'insu de son père, en criant :

— Ah ! comme nous allons nous amuser !

Mme Brodart la mère, que nous n'avions pas consultée pour amener le nouvel invité, fit un peu la grimace en apprenant que Rosenblutt était le fils de maître Freischmann ; mais les mines charmantes du petit Allemand la séduisirent peu à peu et apaisèrent vitement sa mauvaise humeur. Elle était en train, quand nous arrivâmes, de surveiller sa domestique qui confectionnait d'énormes *rabotes*.

La *rabote*, en Picardie, — je ne sais si ce gâteau est connu dans d'autres provinces, — est une grosse pomme qu'on entoure de pâte. On la fait cuire au four, d'où elle revient rissolée par le feu et dorée comme le soleil.

— Aimes-tu les rabotes, toi, dit Mme Brodart à Rosenblutt.

— Je ne sais pas, Madame, dit-il en souriant et en laissant voir ses jolies dents blanches.

— Tiens, dit-elle tout étonnée, tu ne sais pas..! qu'est-ce que tu aimes, alors ?

— J'aime le *hampoutel mit roseiné.*

Nous partîmes tous d'un éclat de rire.

— Qu'est-ce que c'est que ce baragouin-là, dit-elle ? Oh ! mon Dieu, faut pas être dégoûté pour manger de ça. Comment dis-tu ?

Rosenblutt répéta.

— J'aimerais autant que tu me dises : Dieu vous bénisse...

— C'est maman Grete seulement qui savait la recette.

— Où est-elle, ta maman? dit Mme Brodart, curieuse comme toutes les vieilles femmes.

— Elle est morte.

— Pauvre petit... ah çà, je bavarde comme une sans-soucis, dit-elle; il faut pourtant que je voie à vous avoir des crépinettes.

L'annonce des *crépinettes* — qui ne sont que de petites saucisses plates — mit tout le monde en rumeur et fit tirer plus d'une langue.

— Je vous y prends donc, gourmands, dit Mme Brodart... allons, je pars, et ne mettez pas trop la chambre en fouillis.

— Non, maman Brodart, dit le chœur enfantin.

Aussitôt après le départ de la vieille dame, qui avait quelquefois de bons moments, nous nous mimes à jouer. On courut dans le jardin. Une heure se passa; Mme Brodart ne revenait pas. Tous les jeux étaient épuisés.

— Charles, dit l'un au neveu de la veuve, va donc chercher la serinette !

— Ah ! oui, nous jouerons de la musique dans le jardin.

— Rosenblutt chantera avec.

— Je veux bien, dit Rosenblutt.

Charles alla quérir l'instrument.

— Je ne l'ai pas fait voir à la bonne ; elle le dirait à maman Brodart.

— On ne l'abîmera pas.

— C'est égal, si elle le savait......

— Elle ne le saura pas.

La serinette passa de main en main, et nous eûmes chacun le plaisir de jouer tout le répertoire. A la fin, ce divertissement devint monotone, et la serinette fut abandonnée et placée sur la margelle du puits, au milieu du jardin. On se remit à courir. Je ne sais lequel de la bande poursuivait Rosenblutt, qui, près d'être attrapé, se cogna contre la serinette. Elle disparut dans le puits ! . . . . .

— Oh ! firent dix voix empreintes de terreur.

Puis vinrent les accusations et les dénégations.

— Ce n'est pas moi. — C'est Rosenblutt. — C'est Charles qui l'a poussé. — Il ne fallait pas la mettre sur le bord du puits.

— Oh! répétèrent les voix dont la terreur s'accroissait.

— Si maman Brodart arrivait, dit l'un de nous.

Nous étions paralysés de frayeur.

— Je la vois, dit Rosenblutt qui ne s'inquiétait guères, elle nage.

Les têtes se penchèrent au-dessus du puits, et nous aperçûmes l'infortuné instrument qui surnageait.

— On peut l'avoir, hasarda quelqu'un. — Comment ? — Avec le seau.

Le plus grand de la bande descendit le seau qui reposait près de la poulie, et nous suivîmes avec une anxiété sans pareille les chances de sauvetage de l'instrument. L'opération était difficile ; le seau se battait les flancs contre la serinette, mais ne paraissait avoir aucune envie de la repêcher. Après divers essais, on fit faire un demi-plongeon au seau, — qui louvoya au dessous de l'instrument, et finit par le rapporter dans ses flancs.

— Ah ! cria la foule émue, voilà la serinette.

Sauvée du nauvrage comme par miracle, la serinette apparut toute mouillée. Elle fut secouée et étendue sur le gazon pour sécher.

— Mais, dit l'un, fort intelligent, les petites pointes sont en cuivre, l'eau va les faire moisir.

— Faudrait peut-être en jouer pour faire partir l'eau.

Rosenblutt prit la serinette et tourna... O surprise ! *La chasse du jeune Henri* ne faisait plus entendre ses fanfares. On tira le second crochet. *L'air de Philadelphie*, qui jadis était si doux à écouter deux fois, gardait un profond mutisme. Ainsi du *Point du jour*, de même de la *Flûte enchantée*. Seule, la *Monaco* (3 fois) persistait à lancer dans les airs quelques fragments, quelques notes décousues dont le sens musical était difficile à comprendre. Nous étions abattus; Rosenblutt continuait avec son sang-froid habituel à faire entendre une ou deux notes éraillées, lorsque M. Peinte fils entra dans le jardin. Il nous vit tout émus; les sons désolés de la serinette le surprirent.

— Eh! malheureux, qu'avez-vous fait là? dit-il en remarquant que Rosenblutt faisait tourner inutilement la manivelle.

Il essaya lui-même l'instrument, ne croyant pas à un accident aussi grave. L'instrument resta muet. Alors il le palpa, et il s'aperçut que le cylindre était partagé par le milieu.

— Seigneur, dit-il, c'est tout à fait fini...

— Ce n'est pas moi, dîmes-nous en chœur.

— N'importe qui... Que va dire cette pauvre Mme Brodart la mère?

Il pleurait presque. Car, versé dans la mécanique, il était plus à même que nous d'apprécier le désastre.

— Je m'en vais, dit-il ; je n'oserais assister à la scène qui va se passer tout à l'heure. Mme Brodart tenait tant à sa musique, et elle avait raison...

Après ces paroles, M. Peinte fils prit la fuite. Les trois quarts de nos amis l'imitèrent, et nous restâmes seuls à chercher un moyen de dissimuler la fracture de la serinette. Il fut convenu qu'on la remettrait à sa place habituelle ; ce qui se fit immédiatement. Mme Brodart rentra bientôt. Elle s'étonna de ce que la bande était diminuée.

— On est venu les chercher, dit son neveu. Depuis son arrivée, nous restions dans la chambre, mornes et inquiets.

— Qu'est-ce qui vous prend, nous dit-elle, vous avez l'air *drôle*.

— Rien, maman Brodart.

— Je ne sais pas, dit-elle en secouant la tête. Elle appela la bonne.

— Ils n'ont rien fait de mal pendant mon absence?

— Je n'ai rien vu, madame.

— C'est bien, faites cuire les crépinettes, je vais préparer la table.

Comme elle allait vers l'armoire à linge, son neveu, qui voyait l'orage se préparer et qui espérait le détourner, l'arrêta par la robe :

— Maman Brodart? dit-il.

— Tu ne pourrais donc pas me parler sans me tirer les jupes? Qu'est-ce que tu veux ?

Le neveu ne sut que répondre et parut embarrassé.

— Ah ça mais ! en voilà bien d'une autre, tu m'appelles, tu ne sais que dire... Il y a quelque chose là-dessous.

Et elle alla vers l'armoire à linge.

Nous devions être blêmes. Elle ouvrit un des battants de l'armoire ; d'après ce que nous avions calculé, la serinette, appuyée contre la porte, tomba sur le plancher.

— Oh ! la musique, dit-elle stupéfaite de l'accident.

— Elle est cassée, fis-je, voulant faire croire que cette chûte l'avait endommagée.

— Ça ne casse pas ainsi, dit-elle.

Elle la ramassa. Mais nous n'avions plus pensé que le bois était mouillé. Elle s'en aperçut en la touchant.

— La musique est fraiche, s'écria-t-elle. Qui est-ce qui l'a trempée dans l'eau ?

Personne ne répondit.

— Quand je disais qu'on n'est pas une minute tranquille... quelle invention ! Tremper la musique dans l'eau !

Mme Brodart ne soupçonnait pas encore l'étendue du malheur... Cependant, par intérêt, elle tourna la manivelle... Il est impossible de peindre l'effroi qui s'empara d'elle, quand aucun son ne se fit entendre. Ses yeux et sa bouche s'étaient dilatés comme si elle eût aperçu une vipère. A l'effroi succéda la colère, une colère terrible ;

toute sa figure se plissa... Les sourcils se dressèrent menaçants, aussi hérissés que la queue d'une chatte à l'approche d'un chien. La colère la rendait bègue.

— Qui, qui, qui, demanda-t-elle, qui a cassé la musique ?

Nous aurions voulu disparaître dans le mur.

— Voyons, vite, dites-le-moi, ou je vous donne le fouet à tous.

Elle ferma la porte pour nous couper toute retraite. Enfin le plus craintif désigna du doigt Rosenblutt. D'un bond elle se précipita sur lui, le saisit dans ses bras et courut vers la cuisine. Nous étions muets de frayeur. On entendit Rosenblutt crier... Elle le battait avec des verges... Rosenblutt criait encore ; les coups redoublaient. — Maman Grete, s'écriait le pauvre petit. Et le fouet répondait à cet appel. Enfin les cris s'éteignirent, et Mme Brodart reparut sur le seuil de la porte, les yeux injectés de sang, les lèvres blanches ; quelques mèches de cheveux gris s'échappaient de son serre-tête noir. Son bonnet était tombé ; elle était terrible à voir. Les sorcières de de Macbeth eussent paru des agnelets auprès d'elle.

— Allez-vous-en chez vous, tas de polissons, s'écria-t-elle, allez-vous-en.

Nous ne fîmes pas répéter deux fois cet avis, et nous courûmes chez nos parents de toutes nos jambes.

Innocente et victime.

Maître Freischmann sortit du presbytère vers midi. Il ne paraissait ni plus gai, ni plus triste qu'à l'ordinaire. La musique seule pouvait émotionner sa figure. Ne voyant pas Rosenblutt dans le jardin, il courut à la chambre à coucher. Il chercha, inquiet, partout son enfant. Rien ne semblait annoncer qu'il vînt de quitter la maison. Freischmann pensa que Rosenblutt s'était ennuyé et qu'il était monté aux orgues; mais Rosenblutt n'était pas à l'orgue.

— Il aura couru, se dit-il, dans les galeries de l'église.

L'Allemand parcourut toutes les galeries; il monta au clocher. En chemin, il rencontra les sonneurs et leur demanda s'ils avaient vu son fils. Les sonneurs, tout étonnés de cette figure effarée, lui rirent au nez. L'organiste descendit, en sautant des marches, l'escalier, et il revint à la maison.

Peu d'instants après, une servante qui tenait un enfant dans ses bras entra.

— Ah ! s'écria Freischmann en reconnaissant Rosenblutt pâle et évanoui.

Il l'arracha des bras de la fille et le posa sur un lit. Rosenblutt ne faisait aucun mouvement.

— Il est mort, dit l'organiste d'une voix altérée.

La servante s'en allait, traversant le jardin; elle ouvrait la porte de la maîtrise. Freischman courut à elle.

— C'est toi, dit-il, qui l'as tué, méchante créature !

La fille, fort effrayée des yeux de l'Allemand, qui sortaient de l'orbite :

— Non, dit-elle, non, ce n'est pas moi.

Freischmann la saisit par le cou et referma la porte.

— Tu vas mourir aussi, dit-il en cherchant à l'étrangler.

Mais la domestique, qui était une rude campagnarde, luttait courageusement ; en même temps elle appelait au secours. Un moment, elle fut terrassée par l'Allemand qui rugissait... La porte s'ouvrit à propos. Quelques personnes entrèrent, entre autres, Bruge, le serpent.

— Au secours, cria la paysanne d'une voix étranglée par les dix doigts de Freischmann.

On eut beaucoup de peine à faire lâcher prise à l'organiste, qui redoubla de colère en voyant sa proie lui échapper.

— Mais, qu'est-ce qu'il y a? demanda Bruge.

— Il y a, il y a, qu'elle a tué l'enfant, la malheureuse... Mon enfant qui était si joli, dit-il en sanglotant.

Puis la colère le reprenait. et il échappait aux bras qui le retenaient. Tout à coup on entendit la voix de Rosenblutt.

— Papa, papa.

— Oh! dit-il d'un accent de joie violent, *ma fille* n'est pas morte.

Et il courut vers sa chambre.

Commérages.

L'évènement courut bientôt la ville. A en croire les uns, l'organiste était devenu fou. A en croire les autres, on allait le juger pour avoir tenté d'assassiner la domestique de Mme Brodart. Ce fut un thème inépuisable pendant la huitaine qui suivit.

Madame Fréminet donna une soirée où elle invita les principaux personnages de la paroisse

Saint-Grégoire. M. Peinte fils ne manqua pas de s'y trouver et raconta comme quoi il avait malheureusement assisté au prologue de cette aventure.

— Je m'en suis allé, dit-il ; mais, à ma place, je crois que tout le monde en aurait fait autant.

— Vous avez eu bien raison. J'ai entendu dire que madame Brodart avait été trop loin, mais son chagrin était bien pardonnable.

— Une si jolie serinette, dit M. Peinte fils.

— Elle ne lui a donné qu'un peu le fouet, après tout...

— C'est qu'on dit dans la ville que l'enfant est encore malade.

— Ah ! il fait le malade... Parlez-moi plutôt de cette brave fille qu'il étranglait, le monstre... Sans Bruge, son affaire était faite... c'est heureux pour l'Allemand qu'on l'ait arrêté, on le guillotinait...

— On a vu, dit M. Peinte père, sous la révolution, des personnes exécutées pour moins.

— Voilà pourtant notre archidiacre, dit madame Fréminet... Ce que c'est que de donner des places à des inconnus... à des protestants. A propos, il l'a fait venir son organiste. Il l'a interrogé sur sa religion. L'autre a avoué tout ce qu'on a voulu. Je sais tout, moi. Il y a Baptiste, le domestique de madame de Prémaré, qui est le cousin de la femme de charge du curé de Notre-Dame. Elle balayait dans la chambre à côté quand l'Allemand est venu; elle a entendu sa confession... Baptiste m'a dit que ça faisait trembler, les crimes de cet homme-là... Il a tout raconté à l'archidiacre; même, de temps à autre, M. le curé disait : ce n'est pas possible.

— Vous croyez donc, dit Peinte père, que c'est un scélérat?

— Un fieffé, un ancien bandit qui aura été obligé de quitter son pays...

— Oh! mais c'est dangereux des hommes pareils, dit Peinte fils.

— Très dangereux... à la fin, M. le curé de

Notre-Dame, effrayé, n'a plus osé rien prendre sous son bonnet, et il lui aurait dit en le renvoyant : J'en écrirai à monseigneur l'évêque.

— Malheureusement, on ne sait pas encore... mais à ce temps-là, il n'y avait rien, la pauvre domestique de madame Brodart n'était pas étranglée... ça n'est pas son premier crime, allez... il y a longtemps qu'il a fait son coup d'essai... Puis son fils, vous savez...

—Celui qui a cassé la musique, dit M. Peinte fils.

— Eh bien ! son fils est une fille.

— On dit ça, mais est-ce croyable?

— Il l'a avoué devant trente personnes... Demande plutôt à Bruge, qui a sauvé la malheureuse domestique ; il a crié comme un sourd : « Ma fille n'est pas morte ! »

— Si c'est une fille, dit judicieusement M. Peinte fils, pourquoi l'habille-t-il en garçon ?

— Voilà ce qu'on ne sait pas... des idées à ces Allemands. Puisque je vous dis qu'il est fou ; on le dit partout, d'ailleurs.

— Quel fâcheux évènement, dit Peinte père.

— Le crime se découvre tôt ou tard, dit Mme Fréminet. Dire qu'il faisait souffler les orgues à une fille ; n'est-ce pas indécent? Il n'y a qu'un Allemand pour avoir des idées pareilles... Ah! l'évêque va être content quand il va apprendre toutes ces histoires.

— Il n'y a pas de quoi.

— C'est bien fait pour l'archidiacre. Qu'il fasse donc le fier maintenant! ça lui apprendra à se défier des gens... Bien heureux s'il n'est pas destitué. M. Carron me disait tantôt : Monseigneur est sévère quand il faut.

— Parbleu! dit Peinte père, il faut de la sévérité dans tout. Maintenant plus qu'autrefois on voit des choses, ma parole, qui font hausser les épaules de pitié. Si les organistes ou les autres employés des églises ne sont pas catholiques et d'une morale éprouvée, qui est-ce qui le sera?

— A la bonne heure, dit Mme Fréminet, voilà

des raisons... Avec tout ça, cette pauvre madame Brodart en est pour sa serinette.

— Cependant, qui casse les pots les paie.

— Elle le pense bien ainsi, dit M. Peinte fils. Elle a envoyé la musique par sa bonne, en même temps que le petit garçon, qui n'est pas un petit garçon... On lui fera payer à l'Allemand.

— Ç'a a-t-il seulement un sou vaillant? demanda Mme Fréminet.

— S'il ne veut pas, on lui retiendra sur ses appointements.

— Oh! dit tout à coup M. Peinte fils, il est les trois quarts de onze heures.

— Vraiment! comme le temps passe.

— Nous bavardons, nous bavardons; qu'est-ce que va me dire ma femme?

— Elle sait que tu es avec moi, dit M. Peinte père.

— Il n'y a pas de danger, dit en riant Mme Fréminet. Messieurs, faites bien mes compliments à Mme Peinte de ma part. Dites-lui qu'elle est trop rare...

Rosenblutt.

Maître Freischmann, qui depuis huit jours soignait Rosenblutt sans le quitter d'une seconde, avait fait demander un médecin. Le médecin, après avoir étudié longtemps la physionomie de l'enfant, et s'être fait raconter la scène qui avait déterminé la maladie, secoua la tête.

— C'est grave, dit-il au père... Il y a eu commotion au cerveau. Nous verrons quand le délire sera passé; mais ce sera long, et il faudra des soins minutieux.

— Ah! Monsieur, disait Freischmann en joignant les mains, sauvez-la, par grâce, ma pauvre Rosenblutt... Pensez donc, si je la perdais!... Je ne peux pas, n'est-ce-pas?... c'est ce qui me reste de sa mère. Elle lui ressemble, à la pauvre Grete... Voyons, que faut-il faire pour la guérir? je ferai tout... Faut-il que je meure?...

— Ce n'est pas désespéré, dit le médecin. J'ai

vu des malades atteints bien plus fortement au cerveau... Elle n'a qu'une maladie morale, votre fille. Elle n'a pas souffert des coups qui lui ont été portés.

— Oh ! pouvez-vous dire ! s'écriait Freischmann ; elle n'a pas souffert !... Mais je la tuerai, l'horrible femme qui est cause de mon malheur !...

— Votre fille, dit le médecin, avait-elle des goûts très prononcés pour quelque chose ? Elle a les organes tellement délicats, que son système nerveux a dû s'affecter d'un rien.

— Oh ! elle était si bonne musicienne !

— Bien, dit le médecin. Avait-elle quelque préférence pour certains morceaux ?

— Elle aimait la grande musique.

— Depuis quand a-t-elle chanté ?

— Rosenblutt chante dans son délire, mais des airs confus... Elle a perdu la mémoire musicale ; elle mêle tout.

— Ce n'est pas ça que je vous demande. Quand a-t-elle chanté étant en bonne santé ?

— Mon Dieu, Monsieur, aux orgues, avec moi, un superbe morceau d'Holbrecht. C'était le jour où la vieille l'a si indignement martyrisée.

— Aime-t-elle à entendre l'orgue?

— Ah ! Rosenblutt seule me comprend.

— Eh bien, demain je reviendrai... Si votre fille a toujours le délire, nous la ferons transporter aux orgues, et nous essaierons de la guérir par un moyen que je crois certain.

— Brave homme, s'écria Freischmann; comment reconnaîtrai-je jamais vos services!... Je suis trop pauvre... Il faudrait des millions; non, ce ne serait pas encore assez, si vous sauvez Rosenblutt...

— Je ne veux rien, Monsieur, dit le médecin.

— Ah! dit Freischmann, je vous dédierai une messe, une messe qui est là toute faite. Tenez, dit-il en lui montrant une énorme partition manuscrite, c'est une messe en *ut* mineur, comme on n'en fait pas en France, je vous la dédie... Je voulais y mettre le nom de ma femme; mais elle sera contente de voir votre nom en tête, puisque vous nous rendez notre enfant.

— Merci, Monsieur, je suis reconnaissant, dit le médecin en se retirant pour échapper aux remerciments de l'organiste.

Maître Freischmann revint en sautant. Il ôtait ses lunettes en se frottant les yeux. Il riait pour la première fois de sa vie en serrant son crâne dans ses deux mains, comme s'il eût craint que la joie ne le fît éclater.

— Mon enfant! s'écria-t-il, ma Rosenblutt, sauvée... Ah! le digne homme! Il me l'a promis... Je vais écrire un *Alleluia*... Ah! quelle joie! quel bonheur!

Tout à coup sa figure se ternit, car l'enfant venait de se remuer; il sortait de sa léthargie, et bégayait quelques paroles inintelligibles. Freischmann courut au lit.

— C'est moi, Rosenblutt, c'est moi, ton père.

Rosenblutt murmurait des mots impossibles à rendre.

— Tu ne me reconnais pas, Rosenblutt, moi, ton papa, hein! me reconnais-tu?

— Je vois un chat noir, disait l'enfant, un gros chat... il vient à moi... oh! il m'étouffe, il court sur ma poitrine.

— Non, mon enfant, disait Freischmann, il n'y a pas de chat.

Rosenblutt souriait.

— Les roses, disait-elle, les belles fleurs et des papillons de toutes les couleurs!

Puis sa figure s'impreignait de terreur.

— Oh! on me fouette! Plus de verges; assez. Madame! je ne le ferai plus... Maman, à mon secours, on me bat!... La musique à l'eau... Charles, il m'a poussée; non, ce n'est pas moi, la méchante...

— Rosenblutt, me reconnais-tu? disait Freischmann en lui prenant les mains brûlantes; je suis là pour te défendre; on ne te battra plus.

— Vite, dit l'enfant, chassez-les vite, les chats... Je vous dis qu'ils sont trois cents, une armée... ils courent au galop... Ah! le fouet, toujours le fouet!

— Mon Dieu! mon Dieu, s'écriait Freischmann en se tordant les mains de désespoir, il ne m'entend pas, mon enfant! Rosenblutt, s'écriait-il en sanglotant, reconnais-moi, je suis ton père; vois, je suis auprès de ton lit; reconnais-moi un peu, une minute seulement!

Rosenblutt chantait.

— Ah! disait l'organiste au désespoir, il n'y a pas de Dieu, il n'y a pas de ciel; mon enfant ne me reconnait pas.

L'archidiacre entra comme il blasphémait, égaré par la douleur.

Le prêtre fut ému de ce profond désespoir. Il chercha à calmer maître Freischmann par des paroles pleines de religion. L'organiste fut rafraîchi par cette rosée bienfaisante. Quand il fut devenu plus calme, l'archidiacre lui annonça avec tous les ménagements possibles qu'il venait de recevoir de l'évêque l'ordre de prendre un nouvel organiste.

— Que m'importe, dit Freischmann, ma place! Que mon enfant recouvre la santé, et je m'en irai... quand je devrais mendier. Ne serais-je pas assez heureux de souffrir pour lui. S'il est fatigué, je le porterai sur mon dos... On est bon, monsieur le curé, dans votre pays ; on ne nous refusera pas un morceau de pain et de la paille pour nous coucher.

— Je ne vous chasse pas, dit l'archidiacre qui compatissait à ses douleurs, dans quinze jours votre successeur viendra. Si votre enfant est encore malade, je vous offre mon presbytère...

— Oh! que vous êtes bon, Monsieur!

— Tenez, voici quelque argent.

— Je n'en veux pas, dit Freischmann.

— Ce n'est pas à vous que je le donne, c'est à votre enfant malade.

L'archidiacre partit à la nuit. Le lendemain, le médecin vint, suivi de son domestique. Rosenblutt avait passé une nuit plus calme. Le domestique voulut prendre l'enfant pour le porter aux orgues; mais Freischmann déclara que lui seul se chargerait de ce soin.

Tous quatre montèrent à l'orgue. Un large fauteuil avait été disposé pour Rosenblutt. Le domestique souffla, Freischman s'assit au clavier, le médecin s'installa près de l'enfant.

Au premier accord, Rosenblutt ouvrit de grands yeux effarés. Freischmann chantait en s'accompagnant; Rosenblutt paraissait revenir à lui. L'organiste voulait quitter sa place pour l'embrasser; le médecin lui fit signe.

L'enfant, la bouche ouverte, semblait aspirer les mélodies qui s'échappaient de l'orgue. Vers le milieu du morceau, il sembla écouter avec plus d'attention, et il chanta l'air qu'il avait répété le matin du fatal évènement. Sa voix était plus pure que d'ordinaire : elle n'avait plus rien de terrestre.

Maître Freischmann pleurait, de grosses larmes tombaient sur ses doigts et sur le clavier. A peine l'air était-il fini, qu'il se précipita vers Rosenblutt.

— Me reconnais-tu, Rosenblutt? dit-il.

— Oui, père... je t'aime.

Et l'enfant expira.

On parle encore dans la petite ville de la mort de Rosenblutt.

Maître Freischmann monta aux orgues. Pendant la messe des morts, on entendit une voix saccadée qui chantait le *Dies iræ*. L'accompagnement était plaintif et lugubre; un moment, les notes ressemblèrent à des sanglots.

Le lendemain, l'organiste disparut du pays.

Trois ans après, j'étais au Conservatoire. Je rencontrai en sortant un vieillard qui jouait d'une mauvaise serinette qui rendait à peine trois notes. Le couvercle était ouvert, et je pus lire :

> *Ouverture de la chasse du jeune Henri.*
> Air *de Philadelphie* (2 *fois*).
> *Le Point du jour.*
> *La Monaco* (3 *fois*).
> Air *de la Flûte enchantée.*

---

25 novembre 1846.

UNE RELIGION

AU CINQUIÈME.

Au statuaire Etex.

UNE RELIGION

AU CINQUIÈME.

—

Depuis 1830, il y a eu en France un certain nombre de religions nouvelles et d'utopies. Les utopies ont été enterrées sournoisement, sans pompe, sans luxe, sans amis, sans ennemis pour suivre le corbillard, — pas même le chien à l'oreille basse dont Vigneron a fait un tableau destiné aux âmes sensibles.

Tout d'abord les nouveaux religionnaires eurent du monde. On était curieux de voir des églises dans des mansardes, avec des fleurs artificielles sous globe, une cheminée à feu, un tableau-pendule au mur. On voulait voir comment ces prêtres, ces légats improvisés jouaient à la religion. Ils réussirent quinze jours ; puis, comme ils ne payaient pas leur terme, il se trouva des propriétaires assez mercantiles pour faire saisir les meubles des *Temples*. Plus de meubles, plus de religion! C'est ce qui arriva à l'abbé Châtel, condamné en police correctionnelle pour avoir *déménagé son église* sans payer le loyer. Il parait que cet exemple ne servit de rien ; car en 1845, il se forma une espèce de queue de l'abbé Châtel. J'y allai un matin.

— L'église française, s'il vous plait.

— Au *cintième*, la deuxième porte à main gauche, me dit la portière.

Je montai un escalier aux murs suintants, imprégnés de l'odeur des plombs domestiques, un de ces escaliers où le chapeau coudoie le plafond. Au cinquième, ne trouvant que d'humbles portes, rappelant peu l'entrée d'un temple, j'allai à deux hommes qui conversaient.

— Ah! c'est toi, farceur, me dit l'un en m'offrant la main. — Pardon, monsieur, vous vous méprenez sans doute; pourriez-vous m'indiquer Monsieur Lhôpital? — C'est moi, me répondit-il, et je vous prenais pour un autre; c'est assez *farce*.

S'il y eut jamais quelqu'un d'étonné, ce fut moi; j'allais à la recherche du dieu Lhôpital, et le dieu avait une calotte, des mains calleuses et noires, un tablier de serge — plus noir que ses mains — montant jusqu'au cou, à la manière des cordonniers.

Est-il possible que ce soit là le dieu? le dieu qui m'a envoyé cette lettre: « Monsieur, l'administration de l'Eglise chrétienne française croit vous être agréable en vous informant des jours et heures de ses réunions religieuses, et vous prie de lui faire l'honneur d'y assister. »

— « Donnez-vous donc la peine d'entrer, me dit-il. » J'entrai avec lui et la personne avec qui il causait avant mon arrivée. Je vis une mansarde assez nue, trois chaises, un lit de bois blanc, un poêle et une bibliothèque. Une porte fermée donnait dans cette pièce.

— Je viens pour la réunion, fis-je.

— Très bien, monsieur, dit le dieu Lhôpital, nous ne sommes pas au large comme vous voyez, mais patience, nous allons descendre de trois étages. L'*Eglise* est trop petite. Ce qu'il y a de plus *embêtant*, c'est le propriétaire *qu'est chien comme tout*. Il veut 800 francs de son second, nous lui en avons offert 700 francs.

— Effectivement, répondis-je, c'est cher.

— Et dire qu'il partage nos doctrines !

— Vous savez, dit celui qui m'était inconnu, que les propriétaires rançonnent toujours les prolétaires.

Ce mot de *prolétaire* me fit penser à une religion entachée de communisme.

— « *Acré guerdin* de poêle, dit tout-à-coup le dieu Lhôpital, il ne veut pas tirer. » Il alla quérir du charbon de terre. Pendant qu'il essayait de ranimer le feu, je m'approchai de la muraille, curieux de lire une espèce de proclamation renfermée dans un cadre. Je lus :

« Les catéchismes, pour les enfants, ont lieu les dimanches après l'office du matin, et les jeudis après l'office du soir.

» La première communion, ou cène fraternelle pour les enfants, aura lieu vers le mois de juillet ; les parents sont invités à faire inscrire leurs enfants.

» L'administration a fondé une bibliothèque dont les volumes sont mis à la disposition des fidèles.

» Chaque personne ne pourra emporter plus d'un volume à la fois et le garder plus de quinze jours.

» M. Lhôpital est nommé bibliothécaire.

» M. Délit est nommé sous-bibliothécaire.

» Au nom du conseil d'administration.

Le Président :

A.-H. COHENDET.

La bibliothèque contenait à peu près 50 volumes dépareillés. Ces volumes étaient le *Dictionnaire philosophique*, de Voltaire, l'*Histoire parlementaire de la Révolution*, de Buchez, le *Voyage en Icarie*, de M. Cabet, quelques ouvrages de MM. Quinet, Michelet et de Lamennais. Ces ouvrages « destinés aux fidèles » devaient former une religion très bizarre. Quant à l'invention du sous-bibliothécaire, rien n'était plus gai en présence de ces 50 volumes.

— « Si nous mettions la ficelle, dit le dieu Lhôpital. » Et il passa par un trou de la porte un bout de ficelle attachée à un morceau de bois qui permettait aux *fidèles* d'ouvrir eux-mêmes la porte. Un jeune homme entra. — Ça va toujours bien, papa Lhôpital? — Comme vous voyez, Vavasseur. — Bonjour, Billaut. — Est-ce vous qui dites l'office aujourd'hui? dit le nouveau venu à celui qu'il appelait Billaut. — Non ; vous devriez bien vous en charger, Vavasseur ; depuis deux ou trois jours, j'ai une colique *d'enragé.*

L'homme à la colique, Billaut, était un dieu ;

Lhôpital était un dieu ;

Vavasseur était un dieu.

En tout trois dieux. Décidément, pensais-je, ces gens veulent faire revivre la mythologie. Il m'étonne même qu'ils ne s'appellent pas Bacchus, Momus ou Vulcain. Justement le dieu Lhôpital remplirait parfaitement cet emploi ; il n'est pas boiteux, mais il a une jambe de bois.

La conversation s'engagea entre les trois dieux. Comme on le pense, j'écoutais de toutes mes oreilles. On parlait de confession. Entr'autres paroles qui me frappèrent : — Le frère Quentin, dit le dieu Vavasseur, ne veut pas plus de confession que de *perruque à la broche.* — *Acré* farceur, dit en éclatant de rire à cette facétie le dieu Lhôpital.

Le dieu Vavasseur était mis comme un honnête homme qui n'est pas dieu. Dans la rue on aurait pu le prendre pour un second clerc d'huissier. Il avait un paletot; je n'oserai pas affirmer que son pantalon fût à sous-pieds. Il raconta diverses anecdotes de séminaire, où il avait été, disait-il (de fait, il lui en restait quelque teinte); mais ses opinions *avancées*, ses questions sur la théologie qu'il voulait approfondir, l'en avaient fait chasser. Plus tard, les prêtres, sachant qu'il faisait partie de l'église française, l'avaient invité à venir chez eux, lui avaient fait expliquer sa religion nouvelle, et avaient essayé de le ramener dans le sentier de la vertu : mais lui les avait bien *roulés* ; il les avait confondus par ses théories superlatives. De plus, il se vantait de ne pas suivre celles de l'abbé Châtel :

— Car, continua-t-il en me regardant, nous ne sommes ni catholiques, ni protestants, nous ne suivons aucune religion. Nous les avons toutes fondues ensemble pour en extraire le superfin (1).

Je me hasardai à lui demander quelle était leur religion. — Vous n'avez donc pas lu notre profession de foi, dit-il. — Non, monsieur. — Alors il toussa, se recueillit et me dit :

— « Quand elle apparut en 1830, comme l'atteste l'Eucologe publié en 1832, l'Eglise française ne différait guère de l'Eglise romaine, qu'en ce que la liturgie y était célébrée dans la langue nationale; mais dans les Eucologes postérieurement imprimés (1839), la doctrine se développe, prend une forme plus décidée et reproduit plus complètement, ou plutôt commence à reproduire la lumière évangélique, dont fut illuminée la glorieuse et sainte église primitive.

» Cependant, bien des abus, bien des erreurs existaient encore; la forme ou le cérémonial dé-

(1) On vient de fonder une nouvelle religion qui est une sorte d'éclectisme religieux et qui s'appelle le *fusionisme*. Analogie avec le thé de madame Gibou.

mentaient à chaque instant la doctrine ; mais comment détruire ces abus, redresser ces erreurs, réformer le cérémonial ridicule? Qui eût osé l'entreprendre? Qui eût pu le faire? On nous vint en aide ; on se chargea de ce soin ; on nous rendit un immense service, on nous fit beaucoup de bien en croyant nous faire beaucoup de mal. Le coup de tonnerre du 29 novembre 1842 a fait tomber, a réduit en poudre les idoles installés imprudemment dans la nouvelle église ; l'ouragan a emporté les ornements du vieux paganisme, dont nous avions formellement paré le temple et les pontifes ; nous sommes revenus tout-à-coup à la simplicité de l'église apostolique. »

Le Dieu Vavasseur attendait avec confiance la fin de sa harangue.

— Eh bien ! me dit-il. — Il faudrait, lui répondis-je, assez embarrassé, que j'eusse étudié la matière. — C'est pourtant bien simple ; Châtel n'était pas un aigle. Il appelait son église : l'église *catholique* française ; nous autres, nous avons bien changé tout cela ; nous appartenons à l'église *chrétienne* française. Châtel avait une église, nous n'avons pas d'église ; un autel, nous n'avons pas d'autel ; un costume, nous n'avons pas de costume.

J'avoue que j'ai peu vu dans ma vie de bavards aussi intarissables et plus ennuyeux que ce dieu. — La porte s'ouvrit ; une vieille dame suivie de sa demoiselle, entra et salua les dieux.

— Est-ce que nous n'aurons pas Cohendet aujourd'hui, dit le dieu Billaut.

— Pardonnez, M. Billaut, reprit la vieille dame, il va venir.

Je croyais être quitte du dieu loquace ; mais il continua :

— Châtel avait fait la même bêtise que les prêtres ; il se servait du mot messe, qui ne signifie rien. Que veut dire messe? messe vient de *missa*, en français, mission. Ayez la bonté de me dire le rapport qui existe entre la mission et la messe que font les prêtres ? Quant à vêpres, c'est autre chose. Vêpres vient du latin *vesperum*, qui veut dire soir. Comme ces offices ont lieu le soir, le mot est rationnel; *vesperum* lui-même est formé de *vesper*, c'est-à-dire l'étoile du soir.

A coup sûr, le dieu tenait à paraître savant; la demoiselle l'écoutait avec une attention soutenue. C'était Mlle Cohendet, la fille d'un autre Dieu, d'un plus que Dieu, puisqu'il était leur président. Dans cet Olympe, Cohendet était une manière de Jupiter.

— Nous n'aurons pas grand monde *aujord'hui*, dit le dieu Lhôpital, qui avait changé son tablier contre une veste, et sa calotte contre une casquette; il fait un brouillard, *qu'on* ne s'y reconnaît pas.

— C'est un mauvais temps pour les rhumes, dit la vieille dame.

— Qu'est donc devenu Délit, dit Billant.

Délit était aussi un dieu.

— Je ne sais ce qu'il a depuis quelque temps, répondit le dieu Lhôpital, il est tout drôle.

— Il est de fait, dit le dieu Vavasseur, que Délit est bien grave.

Les fidèles rirent beaucoup de l'aimable jeu de mots du dieu.

— *Acré farceur*, dit Lhôpital, qui paraissait tenir à ce mot. Le dieu Lhôpital me parut avoir toutes les qualités réquises pour présider une goguette.

En ce moment, diverses personnes entrèrent; quelques femmes hors d'âge, un petit garçon et deux ou trois ouvriers endimanchés. Je remarquai avec surprise Lepeintre jeune. Lepeintre jeune serait-il un dieu? Malheureusement, ce n'était pas lui, ce n'était que son ventre. Cette façon de tonneau marchant s'avança, salua l'assemblée en souriant, et dit au dieu Vavasseur : — Auriez-vous lu les Prêtres, dans le *Constitutionnel?* — Non. — Je l'ai sur moi. — Le dieu Vavasseur lut aux fidèles le *canard* suivant : Un mourant ayant légué sa bibliothèque à des prêtres, ceux-ci avaient brûlé, dans la maison, une édition complète de Voltaire. Les fidèles étaient indignés.

Pendant cette conversation, madame Cohendet racontait à une des *fidèles* comme quoi on avait fait récemment cadeau à son mari d'un chien-loup.

— Oh! je n'aime pas ces bêtes-là, moi, ça me paraît dangereux, répondit la voisine; Monsieur Marival, le locataire du second, en avait un pareil, il a été obligé de s'en défaire. D'ailleurs, des enfants de loup, c'est tout dire.

— Mon Dieu, dit madame Cohendet, c'est simplement des loups bien élevés.

— Faut pas s'y fier.

— La louve, reprit Mlle Cohendet, jalouse de faire briller ses connaissances en histoire naturelle, fait neuf petits. Dans ces neuf loups, il y a toujours un chien. La mère s'en doute, mais elle ne le reconnaît pas tout de suite. Qu'est-ce qu'elle fait? Elle les mène boire à une fontaine, celui qui lappe est un chien-loup. Alors elle le dévore...

— Voyez-vous ça; mais alors comment-ce

que font les personnes qui ont des chiens-loups ? Puisque la mère l'a détruit, où que Monsieur Marival l'aura eu ?

— Ça se prouve, reprit Mme Cobendet sans se déconcerter. Il y a toujours des gardes dans les bois... Ils empêchent la mère de massacrer son petit chien-loup et ils l'emportent... D'ailleurs c'est dans Buffon.

— Messieurs et Mesdames, dit Lhôpital, si vous voulez passer de l'autre côté, nous allons *commencer*.

La seconde pièce — c'était l'église, — était aussi nue que la première. Une table ornée d'un tapis vert et une carafe ; des bancs de bois blanc étaient les seuls meubles. Chacun s'assit. Autour de la table prirent place les dieux Billaut et Moulin, au milieu d'eux Vavasseur. Ces trois messieurs se décorèrent d'un ruban moiré violet auquel était attachée une petite médaille d'argent. Le dieu Vavasseur agita une sonnette, et le silence se fit. On commença par une prière en français. Le dieu Billaut eut la bonté de m'apporter un petit volume pour suivre l'office ; c'était l'Eucologe, inventé par monseigneur François-Ferdinand Châtel, ex-primat des Gaules.

Je me souviendrai longtemps de cette messe — ou plutôt de cette *réunion religieuse*, ainsi que l'appellent les initiés. J'étais entre une vieille dame, qui sans doute me voulait beaucoup de bien ; elle me prenait à tout instant mon eucologe pour m'indiquer les endroits à suivre. De l'autre côté, un vieillard m'offrait sans relâche du tabac à priser. Craignant fort de passer pour un mouchard, je l'acceptais.

Les hommes chantaient des vers d'almanach sur une musique de sauvage. Les femmes répondaient. Mlle Cohendet me parut conduire les chœurs ; peut-être bien est-elle une déesse ? Jamais je n'ai entendu de voix aussi fausse.

Le dieu Vavasseur se leva et prononça un discours incompréhensible qui parut faire beaucoup d'impression sur l'assemblée et sur Mlle Cohendet.

Après le discours, le dieu Lhôpital fit la quête. La recette, comptée aussitôt, put monter à un franc cinquante centimes; il y avait vingt personnes. Puis un homme se leva. Ma voisine m'apprit que c'était le président Cohendet.

— Mes frères, dit-il, mercredi étant le jour de l'an, nous dirons seulement une petite messe pour ne pas vous déranger. Car le lendemain de Noël le *lévite* est venu et il a trouvé *visages de bois.* — Les fidèles s'amusèrent infiniment de cette locution. — Mes frères, chantons l'hymne pour le service anniversaire des ministres de l'Eglise chrétienne française.

L'assemblée entonna l'hymne. Je regrette beaucoup de ne pouvoir en donner un échantillon. Je sais seulement que cette hymne, composée par une demoiselle Mignard de Nantes, se chante sur l'air de : *Des Rives de la Seine.*

Je sortis avec les fidèles, tout pensif.

Ces gens sans foi, sans éducation, sans intelligence, seraient capables de vous rendre néocatholiques.—Si Dieu n'existait pas, dit Voltaire, il faudrait l'inventer. — Châtel était un grand homme à côté de ces imbéciles.

En passant près de l'église Saint-Louis, j'entrai et je vis l'admirable peinture de Delacroix, le *Christ aux Oliviers ;* j'entendis la sublime voix de l'orgue; les prêtres officiaient, les enfants de chœur brûlaient l'encens...

Quelle comparaison avec cet ignoble bouge de la rue du Faubourg St-Martin, 135, au *cintième*.

Plus tard, j'ai appris que le dieu Cohendet est imprimeur, le dieu Vavasseur est *pion* dans une pension (il touche 300 fr. pour être lévite); le dieu Délit est relieur, et le dieu Lhôpital, cordonnier.

Que leurs âneries leur soient pardonnées !

Nota. — L'église chrétienne française donne des banquets à 2 fr. 50 c. par tête; ce n'est guère que là qu'on voit des *fidèles*.

17 janvier 1845.

PAUVRE TROMPETTE.

A M. Michel Masson.

PAUVRE TROMPETTE.

Tout près de la rue Gît-le-Cœur, une des plus vieilles rues de Paris, à s'en rapporter à la contexture de son nom, sur le quai des Augustins, il est une modeste boutique de bric-à-brac, enchâssée entre deux magasins de librairie, qui semblent l'avoir serrée comme dans un étau, tant sa façade est étroite. Cependant, malgré l'étroitesse de la devanture, le flâneur peut encore remarquer :

Une boite de coquillages mêlés, affichés à trois sous la pièce ;

Un aigle empaillé, tenant une poule dans son bec, très-bon pour faire l'ornement d'un plafond ;

Une petite grotte en *pierre à Jésus* et en cailloux, avec un morceau de glace pour figurer de l'eau, et une grappe de raisin factice, de grandeur naturelle, qui ombrage la grotte. Le tout, parfaitement imité, sous globe, et destiné, selon l'inscription, à *meubler* une cheminée ;

La cathédrale de Strasbourg, en liège, sur une échelle de deux millimètres par mètre, joli travail de patience ;

Un médailler à cases veuves de médailles ;

Des cadres vermoulus, sans toiles, que le temps, ce terrible vandale, a dédorés ;

Plusieurs portraits de famille, Louis treize, quatorze, quinze et seize, troués, éraillés, sortis d'un grenier et qui brûlent d'y rentrer ; des trumeaux, peints à coups de brosse, qui ont dû éclore sous le pinceau d'un peintre en bâtiments, admirateur de Lancret;

Deux violons, dont l'un sans cordes et l'autre sans *âme;*

Une lyre et une harpe avec ornements égyptiens, monuments du bon goût de nos aïeux du Directoire;

Sept guitares en fort bon état;

Deux cadres de papillons de diverses familles;

Un potiche du Japon, sans couvercle;

Une pendule, d'un agréable modèle, en cuivre parfaitement doré, dite *pendule à sujet.* Sur le socle est figuré un jeune et brillant Espagnol, accompagnant à la mandoline une femme qui chante le morceau : *Je suis Lindor;*

Un coco travaillé par la main des forçats;

Une branche d'arbre, en imitation, portant deux serins empaillés, attestant par la rareté et le dépourvu de leur plumage que la mort les surprit il y a près de dix ans;

Une signature autographe de Napoléon, encadrée ;

Un lot de livres dépareillés ;

Une multitude d'objets flétris, cassés, ébréchés, mutilés, sans valeur aucune, qui représentent la boutique de bric-à-brac pauvre. A part celles du quai Voltaire et celles du boulevart, toutes ces boutiques ont un aspect malheureux. Elles ont une telle affinité que le catalogue ci-dessus pourrait s'appliquer à toutes ;

Enfin, une petite affiche aux carreaux, ainsi conçue : *Viéville, naturaliste-préparateur, exécute tout ce qui concerne son état ; il montre à empailler aux jeunes demoiselles.* (Au-dessous de la pancarte viennent une série d'yeux de verre destinés à tous les animaux de la création).

Sur un vieux fauteuil, dans la boutique, était assise une vieille et petite femme, autre bric-à-brac vivant. Elle avait de petits yeux gris-vert qui annonçaient assez peu la bonté, et une bouche portant un sourire d'une affreuse méchanceté.

Ses cheveux étaient d'un noir si brillant et si bien frisé qu'ils ne pouvaient pas être naturels; en effet ils étaient le produit de l'industrie capillaire que l'on désigne sous le nom de *tours*. — Le nez de la vieille femme, gros, rougeaud et rubicond, aurait attesté aux moins voyants une certaine passion pour les produits de Bacchus. Ce *tour*, ce nez et ces yeux verts appartenaient à Mme Ricois.

Madame Ricois n'avait pas toujours eu la triste boutique du quai St-Michel. Elle fut propriétaire d'un riche magasin du quai Malaquais. Son mari vivait alors; il n'était pas artiste, le brave homme, mais il sut profiter de la fureur qui poussa tant de gens à ne se meubler qu'en gothique, et il avait une adresse merveilleuse pour flairer et pour acheter un manuscrit, un vieux tableau, une pâte-tendre. Tous les ans, Ricois parcourait la province, très-content d'échapper à l'humeur acariâtre de sa femme; et il faisait des affaires d'or avec les provinciaux très-joyeux de se défaire de meubles qui emplissaient leurs greniers.

Un jour, Ricois mourut, laissant à sa veuve une grande fille de 17 ans et son magasin du quai Malaquais; trois ans après, la veuve, presque ruinée, était obligée d'abandonner à ses créanciers son riche magasin. Les créanciers lui laissèrent emporter de quoi former un petit commerce de bric-à-brac. Ce fut alors qu'elle maria sa fille à un jeune naturaliste, empailleur, du nom de Viéville. Le fonds du quai St-Michel fut donné comme dot à Eugénie, à la condition que les nouveaux époux feraient vivre leur belle-mère.

Pendant les voyages de son mari, Madame Ricois se livrait à son aise à sa passion favorite; faut-il l'avouer! elle aimait les liqueurs douces. Un vieux bahut, dont on n'avait jamais trouvé la vente, gardait précieusement l'anisette, le ratafia, le curaçao, le marasquin. Madame Ricois n'avait qu'un confident ou plutôt un complice de sa passion, c'était Trompette.

Un jour de printemps qui commence cette

histoire, Trompette, qui n'était pas une curiosité à dédaigner en présence des curiosités de la boutique, entra mal éveillé en se détirant les jambes. Trompette est le petit chien chéri, l'enfant gâté de la maison, grognon, laid et d'une graisse monacale. C'est un chien comme Henry Monnier en dessine souvent. Il a un poil fauve et une figure déplaisante. Il crie sur le pas de la boutique quand un gros chien passe, et il va bien vite se fourrer sous les jupons de *maîtresse*, si le gros chien fait mine de s'arrêter. Trompette a treize ans, et, quoique déjà vieillard, il s'adonne aux liqueurs fortes. Il ne faut pas trop le blâmer. c'est Madame Ricois qui l'a habitué à la boisson.

— Ah! te voilà, gros loulou, dit-elle, tu t'éveilles bien tard. As-tu bien dormi? Allons, viens baiser maîtresse.

Trompette, qui faisait une façon de toilette, ne répondit pas à cette aimable invitation.

— Gros ingrat, c'est comme ça que vous reconnaissez mes bontés. Ah! il dort encore, le petit lâche. Voulez-vous venir tout de suite baiser maîtresse?

Madame Ricois prit le chien délicatement, le posa dans son giron, et l'embrassa sur le museau en lui tapotant doucement le ventre.

— Ah ! mon petit *sien*, je vois bien ce que vous voulez, vous demandez votre café au lait, gros gourmand, on va vous le servir. Encore un *bécot ?*

Le *bécot* pris plutôt que donné, elle avança une jatte de café au lait à Trompette, qui se mit gravement à remplir l'importante fonction de déjeuner.

Viéville entra. Le front de Madame Ricois se plissa.

— Le propriétaire sort d'ici à la minute, dit-elle d'un ton sec; vous avez dû le rencontrer...

— Non, belle-maman.

— Moi, je suis tranquille, là, sur mon fauteuil; je crois que tout va pour le mieux; pas du tout, il vient un homme qui me fait des scènes à renverser des maisons... Aussi, pourquoi ne lui payez-vous pas son loyer à cet homme?... Quand on doit, faut payer, je ne connais que ça.

— Mais, belle-maman...

— Vous n'avez toujours que des mais dans la bouche. Croyez-vous qu'on fait honneur à ses affaires avec des mais et des si...

Viéville ne pouvant pas répondre, se mit à marcher dans la boutique; par mégarde il marcha sur la patte de Trompette, qui jeta un cri perçant et se réfugia près de sa maîtresse en grognant et en montrant les dents.

— Ah! le vilain gendre! Dieu! que vous êtes bête...

— Mais, belle-maman...

— Pauvre Trompette, mon gros chéri, c'est un méchant; fais pas attention, montre-moi voir ta petite papatte... Vous l'avez fait exprès, j'en suis sûr, pour me faire oublier ce que je vous disais... Dites, oui ou non, si vous voulez payer le propriétaire; je ne veux pas l'avoir continuellement sur le dos...

— Mais, belle-maman, M. Christophe doit m'apporter deux cents francs pour les oiseaux que je lui ai empaillés...

— Un propre commerce que votre empaillement... Ah ! si j'avais su, comme j'aurais gardé ma fille... Vous me disiez que l'empaillement rapporte au moins quinze cents francs ; moi, je crois ça tout bonassement et je fais la sottise de vous donner ma fille ; pas du tout ! vous ne gagnez pas tant seulement huit cents francs... Vous empêchez la vente des curiosités avec tous vos oiseaux ; on ne vient plus ici pour acheter, on croit que nous ne tenons que des serins. Dieux ! si le pauvre Ricois vivait encore, il en ferait une maladie de voir cette boutique ici. C'était si beau, sur le quai Malaquais, il ne venait que des gens à équipages, et polis, et honnêtes, qui me faisaient toute espèce de galanteries, et qui payaient...

— Tout ça n'est pas de ma faute...

— Comment ! pas de votre faute... Ne vous

ai-je pas dit mille et mille fois : — Lâchez-là vos serins et courez les ventes, achetez des meubles gothiques... Mais vous n'avez pas d'astuce pour un liard... Voilà qu'on dit que le Louis-Quinze est à la mode, on cherche, on s'inquiète... Ouitch! monsieur reste là les bras croisés à empailler des drogues d'animaux... Vous en vendez beaucoup, pas vrai? J'aime encore mieux le coquillage... Au moins, ça ne pourrit pas comme vos bêtes, fit-elle en montrant les serins déplumés sous un bocal.

— Permettez, belle-maman, ces oiseaux proviennent de votre fonds du quai Malaquais. Et même, je vous avais déjà demandé plusieurs fois la permission de les faire disparaître.

— Et pourquoi cela, cacher la marchandise?

— Parce que ces oiseaux déplumés me font tort... On croit que c'est moi qui les ai préparés, et...

— Allons, maintenant, voilà que vous êtes jaloux de celui qui les a empaillés. Et moi, j'y tiens à ces bêtes ; si elles sont vieilles, ce n'est pas leur faute... Vous n'êtes seulement pas capable de faire des branches d'arbre aussi bien imitées... C'est la jalousie qui vous fait parler, et vous cherchez à détourner mon attention du propriétaire, qui va revenir, cet homme.

— Hé! dit Viéville poussé à bout, qu'il revienne!

— Ah! c'est comme ça que vous le prenez, dit-elle, en éclatant. Mauvais gendre, qui laisse tous les tracas à sa pauvre mère qui s'est ruinée pour établir ses enfants...

Viéville ne voulant pas en entendre davantage, sortit. Viéville était un jeune homme blond et doux, qui était devenu amoureux de Mlle Ricois, alors que le magasin du quai Malaquais prospérait. Cependant, il n'épousa la fille du marchand de curiosités que lorsque les affaires prirent une mauvaise tournure. Il espérait pouvoir mener une vie tranquille et heureuse, à l'aide de son art de naturaliste ; mais Mme Ricois ayant la surveillance de la caisse dépensait immédiatement en liqueurs les moindres sommes qui y entraient. Aussi, à chaque terme ou à chaque échéance, était-il difficile de solder les créanciers ; alors, Mme Ricois faisait des scènes à son malheureux gendre, qu'elle accusait de *manger tout*. Viéville avait cru obtenir la paix de sa terrible belle-mère en lui laissant le soin de la caisse, mais le caractère impérieux de Mme Ricois n'avait fait que se développer en raison des concessions de son gendre. Pour entretenir le moins possible de relations avec Madame Ricois, il s'était logé au second étage de la maison. Heureusement pour lui, sa femme n'avait pas hérité du caractère irascible de sa mère, et il vivait paisiblement avec elle, sans jamais se plaindre des orages de famille qu'il avait à essuyer. Viéville n'accusait ouvertement que Trompette. Trompette était un instrument de discorde dans la maison. C'était Trompette qui lui avait aliéné le cœur de Madame Ricois. Si la haine s'était amassée dans le cœur de Viéville, à l'égard du chien chéri de Madame Ricois, celui-ci le lui rendait bien. Trompette se souvenait d'avoir été fouetté honteusement par le naturaliste, pour avoir un jour déchiré à belles dents un superbe perroquet mort, destiné à être empaillé. Le crime était grave, ce perroquet appartenant à une vieille dame ; on sait les liens qui existent entre un perroquet et une vieille dame.

Donc, toutes les fois que Viéville entrait dans la boutique, Trompette se mettait à hurler sourdement et faisait en sorte de se faire marcher sur la patte ou à peu près, uniquement dans la méchante intention de voir son ennemi en butte à l'irascibilité de Mme Ricois.

— As-tu quelqu'argent, dit Viéville à sa femme?

— Non, j'ai donné hier le restant de la monnaie à maman, qui avait à changer.

— C'est que j'ai besoin d'acheter diverses choses pour terminer ces oiseaux.

— Hé bien, va lui réclamer la monnaie que je lui ai prêtée.

Viéville descendit et demanda timidement l'argent à la belle-mère.

— Comment, dit-elle, vous osez encore me demander de l'argent, quand vous devriez m'en donner. Ah! c'est trop fort!

— Mais, belle maman, ma femme dit vous en avoir prêté hier...

— Et avec quoi voulez-vous que je fasse le fonds de caisse? ne dirait-on pas que vous avez donné des mille et des cents... Au surplus, ne me tracassez pas plus longtemps la tête, je vais sortir; j'espère que vous garderez bien la boutique une heure ou deux... Prenez bien garde à Trompette, je le laisse, j'ai trop peur qu'il ne se fasse rouer dans les rues... Allons, mon petit *sien*; arrivez me donner un *bécot*... Encore un, encore un... *adé*, soyez bien sage; et vous, dit-elle à son gendre en changeant subitement de ton, ayez soin de la vente.

Aussitôt après le départ de sa maîtresse, Trompette se glissa sournoisement sous une armoire. Viéville tomba dans un monde de pensées amères, en songeant au dernier mot de Mme Ricois : Veillez *à la vente*. Il regardait les marchandises de la boutique et il les trouvait toujours les mêmes, seulement un peu plus ébréchées, un peu plus moisies et un peu plus déplumées. La cathédrale de Strasbourg, ce joli travail de liége, n'avait jamais trouvé le moindre amateur. La pendule *à sujet* marquait la même heure depuis cinq ans. On aurait pu douter de l'accroissement du goût musical en France, en voyant les violons, la harpe, la lyre et les sept guitares inamovibles. Pour chasser ces tristes réflexions, Viéville se leva et se mit à arpenter la boutique. En passant près de l'armoire, il entendit grogner Trompette et continua sa marche sans faire plus attention; mais comme il revenait près de l'armoire, un second grognement l'arrêta. Il regarda où pouvait être Trompette, et ne l'aperçut pas. Ce ne fut qu'à la troisième course, qu'un nouveau grognement lui donna à croire que Trompette pouvait bien être enfermé par mégarde. Il ouvrit l'armoire dont il voyait la clef à la porte pour la première fois, et il vit avec surprise un régiment de bouteilles étiquetées, un étalage complet de liquoriste.

Trompette, qui s'était blotti sous l'armoire, en manière de sentinelle veillant sur un trésor, se mit à hurler plus significativement, et il sortit de sa cachette en s'apercevant qu'un profane osait ouvrir l'armoire.

— Ah! dit Viéville, voilà donc où passe tout l'argent. Je savais bien qu'on buvait ici, mais j'étais loin de penser à un pareil désordre.

Trompette acculé en face de son ennemi grognait continuellement.

— Tu vas me le payer, toi, dit Viéville furieux. Ah! on achète pour cent francs et plus de liqueurs, pendant que ma femme est obligée de boire de l'eau... Ah! canaille, monstre de chien...

Il se mit à poursuivre le chien qui se réfugia sous un meuble, ce qui donna à Viéville le temps de réfléchir. Aussi renonça-t-il à poursuivre Trompette ; il alla dans l'arrière boutique chercher une jatte. Puis, prenant dans l'armoire une bouteille de curaçao, il la vida dans cette jatte, et il donna à sa voix la plus grande inflexion de douceur en appelant Trompette. Celui-ci sortit de son asile, et voyant un plein vase de liqueur chérie, il oublia ses haines et se mit à lapper le curaçao avec avidité. La première jatte étant terminée, Viéville versa une seconde bouteille ; Trompette était en train de prouver qu'il avait autant d'amitié pour l'anisette que pour le curaçao; il avait entamé une troisième bouteille de liqueur des îles, lorsque Mme Ricois entra...

D'un coup-d'œil elle vit l'armoire ouverte, Trompette ivre-mort, et la joie peinte sur les traits de Viéville, qui jugea à propos de se retirer. Dire les flots de malédictions qui sortirent du sein de Mme Ricois serait impossible... Trompette était couché sur le flanc, l'œil morne, la langue pendante... Au bout d'une heure, il expira sans connaissance. Il ne jeta pas même un dernier coup d'œil à sa maîtresse.

— Je le forcerai à l'empailler, cria Mme Ricois avec un accent d'héroïne de mélodrame — 5me acte.

Puis, à travers mille sanglots, elle ajouta avec le même accent :

— Non, il ne l'empaillera pas, le scélérat ; il y mettrait des substances *coupables*... Mais il y a des tribunaux, je le ferai condamner aux galères, sans choses atténuantes... Qu'il descende un peu, le mauvais fils, je lui arrache les yeux...

Pour calmer sa douleur et ses larmes, elle but, elle but même beaucoup. C'étaient des libations en l'honneur des mânes de Trompette. Les libations la conduisirent au sommeil. Ce ne fut que le lendemain que des explications eurent lieu entre le gendre et la belle-mère, explications terribles dont les voisins se souviennent encore, à la suite desquelles Viéville partit, laissant à Mme Ricois sa boutique de bric-à-brac.

Mme Ricois fit empailler Trompette. Elle le mit à l'étalage, avec une faveur servant à retenir un écriteau. Tous l'ont vu, il y a un an, sur le quai St-Michel, et ont pu lire au cou du chien :

SIX ANS DE GÊNES ET DE PRIVATIONS
POUR DONNER UN MÉNAGE A VIÉVILLE... L'ESCROC!!!
PLUS MÉPRISABLE QUE LA CASQUETTE DU BOURREAU!
PAUVRE TROMPETTE!
ANIMAL PLUS FIDÈLE QUE VIÉVILLE!

28 octobre 1845.

POSTFACE.

On ne saurait avoir trop de reconnaissance pour les poëtes qui, comme Théophile Gautier, cherchent à introduire dans le feuilleton réservé aux vaudevillistes la critique du livre; cela est d'autant plus méritoire que l'abonné tient absolument au compte-rendu de la comédie de M. Galoppe d'Onquaire ou du vaudeville de M. Dupin; aussi dois-je remercier le célèbre critique de la *Presse* qui va au-devant de l'homme avant que l'homme aille à lui, et qui est un peu plus sympathique aux jeunes littérateurs que les critiques *honnêtes*, *probes* et *libres*. Dans cinq ans, le journal ne rendra plus compte d'un seul livre, à moins qu'il ne traite du libre-échange ou d'économie politique. Les critiques de la *Comédie humaine* (je ne parle ni des annonces ni des réclames) ont été payées aux journaux. Ce seul fait montre assez l'abîme où est tombé la librairie. L'histoire de M. de Lamartine, celle de M. Michelet, celle de M. Blanc sont critiquées aujourd'hui gratis, non en vue de la littérature, mais de la politique; encore, dans cinq ans les éditeurs sauront ce que coûte la ligne dans l'intérieur du journal.

Marc-Fournier a tout de suite mis de côté son drame de *Calvin* auquel il travaillait alors, pour me faire à l'*Artiste* un de ces articles qui valent une poignée de main et qui font voir que Genève la froide n'a pas déteint sur le cœur du poëte.

Achille Jubinal est mon troisième *sympathique*. C'est un savant littéraire, chose assez rare, qui ne jette pas un regard de pitié, du haut de ses vieux volumes, sur les neufs.

Le poëte, le dramaturge et le savant m'accordent tous des airs de famille avec Sterne; aussi le critique de la *Démocratie pacifique*, mon presqu'homonyme, (à l'exception qu'il ne possède pas de Champ). M. J. Fleury; mais le critique fouriériste fait des restrictions. Il admet *Chien-Caillou;* le reste n'est que misérables jeux de mots sur les croque-morts. Et pour mieux faire voir la triste manière dont je me servais de mon talent, il a cité une de mes ballades en regard d'un passage de Cyrano de Bergerac. Je plains beaucoup Cyrano de cette comparaison qui m'énorgueillit. Malheureusement les attaques contre Cyrano ne sont pas neuves; Voltaire, — ce *vaudevilliste* encyclopédique, — a dit le plus grand mal de l'auteur du *Voyage dans la Lune;* par la même occasion il le volait indignement. Mais au fond M. Fleury a montré beaucoup de franchise; il aurait pu me critiquer beaucoup plus traîtreusement. La *Démocratie pacifique* en avait le droit.

M. Fleury me conseille d'étudier des livres sérieux — sous-entendu socialistes. N'y a-t-il pas assez de gens sérieux sans moi? Et le critique ne connait-il pas les *dessous* du travail le plus libre et le plus facile en apparence?

TABLE.

www.ingramcontent.com/pod-product-compliance
Ingram Content Group UK Ltd.
Pitfield, Milton Keynes, MK11 3LW, UK
UKHW031909260826
14628UKWH00003B/1083

9 782019 692636